Lorraine Fouchet

Avant de se consacrer à l'écriture, Lorraine Fouchet a été urgentiste. Elle est l'auteur de vingt-deux romans et d'une lettre ouverte à son père, *J'ai rendez-vous avec toi*. Ses derniers succès, *Entre ciel et Lou* (prix Breizh, prix Ouest et prix Système U), *Tout ce que tu vas vivre* et *Face à la mer immense* ont paru aux Éditions Héloïse d'Ormesson.
Lorraine Fouchet vie entre les Yvelines et l'île de Groix.

UNE VIE EN ÉCHANGE

ÉGALEMENT CHEZ POCKET

Couleur champagne
Une vie en échange

LORRAINE FOUCHET

UNE VIE EN ÉCHANGE

Robert Laffont

ISBN : 978-2-266-33469-3
Dépôt légal : septembre 2023

Pour Talel

Venise n'est pas en Italie
Venise c'est chez n'importe qui
C'est n'importe où, c'est important
Mais ce n'est pas n'importe quand
Venise c'est quand tu vois du ciel
Couler sous des ponts mirabelle
C'est l'envers des matins pluvieux
C'est l'endroit où tu es heureux

Claude LEMESLE, Serge REGGIANI,
« Venise n'est pas en Italie »

AMORE & PASTA, LUNDI

Plats du jour, au choix :
Scialatielli agli scampi,
pâtes napolitaines aux grosses crevettes
Lasagne al pesto, lasagnes au pistou

Dessert :
Panna cotta, crème à la vanille

1.

C'est une soirée où tout commence à merveille, un de ces moments de grâce où le bonheur est possible et la joie palpable. Ç'aurait pu être le plus beau jour de la vie de Silvia. Le restaurant, situé dans une rue d'un quartier populaire de Paris, s'appelle *Amore & Pasta.* En ce lieu sont rassemblées les deux personnes qu'elle aime le plus au monde, son père Jacopo et son amoureux Julian…

Julian vient de lui annoncer qu'il part six mois à Venise et de lui demander discrètement de l'y accompagner. Et Silvia lui sourit, debout dans la salle du restaurant familial aux couleurs du drapeau italien, rouge tomate, blanc mozzarella, vert basilic. C'est impossible, évidemment, elle ne peut pas laisser tomber son père, il ne saurait pas se débrouiller tout seul avec les clients, être à la fois au four et au moulin, en cuisine et en salle. On ne fait pas ce qu'on veut, tout le monde sait cela. Ce serait trop facile. On serait trop heureux, peut-être. On risquerait d'y prendre goût.

On ne voudrait plus pleurer ni paniquer. Cela ruinerait les psychanalystes.

Justement, Silvia a un spécimen de l'espèce devant elle, à la table 2. Cheveux bruns aux épaules, taches de rousseur sur le nez, des yeux pétillants derrière ses lunettes rondes, Gena, cinquante ans et des poussières, est une cliente régulière. Sa plaque est vissée au coin de la rue : Dr Gena Meyer, psychiatre, psychanalyste, psychothérapeute. Cela fait tout de suite plus sérieux qu'un menu de restaurant. Spécialité de déprimés pour elle, spécialité de pâtes pour Silvia.

Ici, les habitués viennent de tous les horizons.

À la table 3, il y a Julian. La trentaine, des traits harmonieux et des cheveux blonds ébouriffés, originaire d'Angleterre, il est amoureux de Silvia et des livres. Il lit douze romans par semaine, rédige d'une plume allègre des critiques littéraires pour un magazine mensuel, et sa voix grave fait chavirer les dames mal voyantes qui empruntent des cassettes à la bibliothèque sonore du bout de la rue où il est donneur de voix en français et en anglais. Il habite dans l'immeuble d'en face, escalier A, sixième étage sans ascenseur. Silvia vit avec lui depuis trois mois. Il prétend qu'elle a les yeux du même bleu que les chardons sur les falaises anglaises.

À la table 4, Tom, un quadragénaire californien roux et barbu au visage taillé à la serpe, porte des lunettes noires et un col roulé. Un compatriote lui prête un loft plus haut dans la rue. Une canne blanche est accrochée au dossier de sa chaise. En l'espace d'un mois il est devenu l'ami de Julian et de Silvia.

À la table 5, on trouve Raffaella, une Italienne élégante et racée aux cheveux blancs ramenés en chignon sur la nuque, elle porte le nom d'une prestigieuse marque automobile. Elle est arrivée de Rome il y a huit jours. Elle est descendue dans un modeste hôtel voisin qui lui sied mal. Elle a l'âge d'être grand-mère et des lunettes qui pendent à un ruban de velours noir accroché à son cou. Elle aime la cuisine de Jacopo, le père de Silvia.

La table 1 est inoccupée depuis quinze ans. C'était celle de Maria. Gorgonzola, le golden retriever qui a élu domicile dessous, ne l'a jamais connue.

Les tables 6, 7, 8, 9 et 10 sont réservées aux amoureux de passage.

De l'autre côté du passe-plat, c'est le royaume de Jacopo, soixante-neuf ans, chevelure poivre et sel et moustache de neige, il n'a pas son pareil pour cuire les pâtes *al dente*. Avant l'accident de Maria, il était jovial et bavard, depuis il ne parle plus en public, seulement à sa fille lorsqu'ils sont en tête à tête, et juste l'indispensable, en phrases courtes. Il a un moment noyé son chagrin dans la grappa, une eau-de-vie qui pour lui s'est transformée en eau de mort, mais sa fille l'a aidé à s'en sortir. Cela fait aujourd'hui sept ans, cinq mois et trois jours qu'il n'a pas bu une goutte d'alcool. Raffaella l'intrigue, Tom l'émeut et Julian l'amuse.

Enfin, il y a Silvia, vingt-cinq ans, des cheveux noirs et raides, une frange dansante, d'inoubliables yeux bleus et des jambes interminables. Elle a le chic pour inventer de nouvelles recettes. Elle aime Julian de toute son âme, de toute sa peau, comme jamais personne avant lui. Mais, bien sûr, il n'est pas question de le suivre à Venise la semaine prochaine.

Il insiste pourtant, à voix basse :

— J'en ai parlé à ma rédac chef, tu tiendras la rubrique culinaire du magazine, le poste est vacant, c'est fantastique ! Tu m'as toujours dit que tu aimerais écrire des articles.

— Comment ferait mon père sans moi ? dit doucement Silvia.

— Que serai-je sans toi ? questionne Julian sur le même ton.

Silvia soupire, secoue la tête.

— Ne parle pas de ce projet à mon père, surtout, je ne veux pas qu'il pense que je reste à cause de lui.

— C'est pourtant le cas, non ?

— Il n'a pas besoin de le savoir.

La devanture du restaurant s'orne d'un énorme cœur rouge, d'une cafetière italienne et de pâtes disposées comme des fleurs dans un fragile verre à rayures de Murano.

Les tables sont recouvertes de nappes rouges, blanches et vertes, il y a des bouteilles de vin alignées sur le comptoir en bois patiné par les ans, des assiettes vertes creuses, un gros bouquet de tournesols d'un jaune réjouissant, et au mur une pochette de 33 tours de la chanteuse Mina. Il y a aussi sur chaque table un poivrier long comme l'avant-bras, des morceaux de cœur de parmesan dans un bol avec une râpe, deux sortes d'huile d'olive, du sel rose de l'Himalaya, du sel rouge d'hibiscus, du sel bleu au pavot, du sel vert aux herbes, du sel noir aux olives, et de la fleur de sel à la truffe blanche. Et devant la vitrine, sur le trottoir, trois oliviers dans des jarres.

Tout le monde aime les pâtes, cela vient de l'enfance, des coquillettes au jambon de nos grands-mères, des petites lettres dans le potage de nos mères, des *spaghetti carbonara* des premières soirées entre amis.

Les pâtes, cela rassure, cela confirme que quelqu'un se préoccupe assez de vous pour obtenir une cuisson subtile, juste et parfaite. Même s'ils la rémunèrent en échange, Silvia s'intéresse sincèrement à ses clients. Elle n'aime ni les buffets froids ni les pique-niques, ni les tapas ni les sushis qu'elle trouve froids et expéditifs, sans âme.

Au commencement des pâtes, il y a l'eau qui bout, comme jadis dans les campagnes lors de la venue au monde d'un enfant. C'est gratifiant de nourrir les gens : ils sont parfois tellement seuls, même accompagnés.

Qui est tombé amoureux une fois dans sa vie sait que chaque couple a sa chanson, entendue au premier regard, au premier baiser, aux premières caresses. Silvia a eu l'idée originale de commercialiser un nouveau concept : pour chaque couple qui vient dîner chez elle, elle crée un plat de pâtes personnel, adapté aux goûts, au pays, à la personnalité des clients.

Cela va bien plus loin qu'un simple agencement de couleurs et de saveurs. C'est un moyen de fixer le temps, d'échapper à la fuite des heures, de pérenniser la convivialité, d'inscrire les amants dans une tradition. Un acte nutritif et symbolique, un plaisir gustatif et intellectuel, une pierre pour cimenter le couple.

Comme un photographe, Silvia s'engage à ne jamais vendre le même cliché deux fois. Chacune de ses recettes est donc inédite, puisque chaque couple est par essence unique même s'il existe une infinité de pâtes :

spaghetti, *spaghettini*, *ravioli*, *cannelloni*, *lasagne*, *tonnarelli*, *orecchiette*, *linguine*, *penne*, *pappardelle*, *fusilli*, *farfalle*, *gnocchi*, *tortiglioni*, *conchiglie*, *pepe-rini*, *anellini*, *zite*, *bucatini*, *paccheri*, *fagottini*, *scialatielli*, *vesuvio*, *cappelletti*, *agnolotti*, *bigoli*, *tre-nette*, entre autres…

Elle n'est pas naïve pour autant, au contraire elle est très lucide en ce qui concerne le genre humain. Certains musiciens ont l'oreille absolue, elle a l'œil infaillible pour démasquer les profiteurs, les gigolos, les infidèles, les tricheurs. Elle devine les nationalités et les origines sociales, les non-dits, les dissensions et les fourberies. Mais elle sait aussi déceler l'amour vrai, la joie pure, la rencontre parfaite, indépendamment des âges, des religions, des races, des sexes. Pour ces amoureux-là, elle crée le plat exact, l'association exquise, la recette incontestable, la formule indéniable. Ils quittent les lieux main dans la main. Que les autres aillent au diable.

Silvia est fière d'avoir donné cette orientation au restaurant et aidé son père à reprendre pied. Depuis l'arrivée de Julian, elle touche du doigt le bonheur. Mais Julian va partir à Venise dans huit jours. Rien que d'y penser, elle a le cœur plus lourd qu'une assiette de spaghettis trop cuits.

Julian lui a plu d'emblée la première fois qu'il est venu dîner avec une amie. Il est revenu ensuite, seul. Un soir, pour attirer son attention, il a carrément commandé trois plats de pâtes différentes. Comme il était trop rassasié pour lui faire l'amour, ils se sont contentés de dormir ensemble. Ils sont tombés amoureux en passant une première nuit chaste, un comble. Ils se sont rattrapés depuis.

Bien sûr, ils avaient vécu d'autres rencontres avant, il y avait eu d'autres étreintes, d'autres fulgurances, mais ils les ont oubliées, désormais il n'y a plus qu'eux.

Amore & Pasta est ouvert tous les jours sauf samedi et dimanche, le soir de Noël, et le 26 décembre qui est férié en Italie. Il n'y a eu que deux exceptions à cette règle, le jour des dix ans de Silvia, et celui de l'enterrement de Maria trois jours plus tard.

Silvia a appris à marcher en s'appuyant aux tables, elle a appris à parler italien avec son père et français avec les clients, elle a appris à écrire en rédigeant le menu du jour sur l'ardoise.

Autrefois, le restaurant s'appelait *L'Amore della Pasta*, L'Amour des Pâtes. Quand Silvia a inventé son concept de recettes personnalisées pour les amoureux et transformé le nom en *Amore & Pasta*, elle a juste changé quelques lettres. Puis les habitués du lieu l'ont contracté et c'est devenu *A & P*.

Silvia se souvient du matin de ses douze ans, quand son père lui a expliqué que nourrir les gens c'était comme effleurer le toit du ciel du bout de sa cuillère. C'est à peu près ce qu'a répondu Julian quand elle lui a demandé pourquoi il aimait tant les livres, il a dit qu'écrire c'était comme toucher l'infini du bout de son stylo. Silvia nourrit les corps, Julian les âmes, ils se complètent.

Pour ses douze ans, donc, elle a reçu sa première leçon officielle de cuisine. Elle est passée du statut de l'enfant auquel on interdit d'allumer le gaz ou de manier une casserole bouillante à celui d'initiée évaluant la cuisson des pâtes au goût, à l'aspect, à l'instinct.

Elle a attendu d'avoir dix-huit ans pour mettre cet enseignement en pratique. Elle aidait Jacopo en salle, repoussait le moment de choisir quelles études entreprendre, et regardait son père s'enfoncer dans le silence et l'alcool. Elle aimait le français et la philo, ses professeurs la poussaient vers l'enseignement, la fac de lettres, le journalisme ou l'édition. Elle connaissait l'emplacement des papilles de la langue qui renseignent le cerveau humain sur les quatre saveurs fondamentales, le sucré à la pointe, le salé sur la face dorsale, l'acide sur les bords, l'amer à l'arrière.

Le jour de son bac, qu'elle a obtenu avec la mention bien, elle a préparé de simples *tonnarelli al pesto* avec de l'huile d'olive, des noix, de l'ail et du basilic. *Buona* s'est contenté de lâcher son père. « Bonne », parce que en italien on ne mange pas « des pâtes » mais « la pâte ».

Alors elle a ajouté d'autres ingrédients de son cru, des artichauts, de la *pancetta*, de la mozzarella, tout ce qui lui tombait sous la main. Et Jacopo s'est resservi.

La messe était dite, l'avenir tout tracé. Désormais, le père continuerait aux fourneaux, la fille l'épaulerait et la bouteille de grappa entamée resterait en haut de l'armoire. Elle y trône toujours, pleine d'alcool et de poussière.

Pour les clients en couple, Silvia invente donc une recette originale, les autres ont le choix entre deux plats du jour. *Amore & Pasta*, un plat pour les amoureux, des plats amoureusement préparés pour tous. Les pâtes ne font pas grossir, seule la sauce qui les accompagne est calorique. Jacopo privilégie la crème légère, utilise peu de beurre, sert comme en Italie des demi-portions, *mezza pasta*, pour les gens au régime.

À l'époque où il était encore heureux, bavard et sobre, il a dit un jour à sa fille :

— Quelle que soit sa tristesse, l'homme mange, la faim demeure, c'est le seul sentiment qui reste quand on est dévasté.

Surprise, Silvia a objecté :

— La faim n'est pas un sentiment, papa, c'est une sensation !

Jacopo a secoué la tête :

— La vie te prouvera que j'ai raison, Silvia *mia.*

2.

Ce soir, la table 6 est occupée par un couple de jeunes Américains en jean et tee-shirt avec le logo d'une université du Texas, la table 7 par des Allemands, la table 8 par des Asiatiques, la table 9 par des Français…

Pour les Texans, Silvia a imaginé des *fettuccine* au cacao, aux fraises et aux crevettes. Ils ont les yeux pétillants et le visage creusé, une complicité de draps froissés, de corps fatigués, d'étreintes passionnées.

Les blonds Allemands se font du pied sous la table en savourant leurs *cannelloni* aux saucisses et au chou avec une pincée de poivre rose.

Le jeune ménage asiatique se dévore des yeux sans se toucher, Silvia a créé pour eux des raviolis avec de l'espadon, du gingembre et une pointe de sucre.

Le couple français de la table 9 ne fera pas long feu, ils dégustent des *fagottini* fourrés avec un mélange de poire et de *taleggio*, un fromage du Nord, mais la femme dévisage son homme sans tendresse, tout semble l'agacer, son embonpoint, le bruit qu'il fait en mangeant, sa voix, sa conversation, sa présence même. Il est voué à ce que les Italiens appellent les *spaghetti dei cornuti*, les spaghettis des cocus, de bêtes pâtes au beurre que l'homme se prépare seul dans sa cuisine pendant que sa femme minaude à la plage devant le maître nageur musclé.

Sous la table 1, Gorgonzola mordille son jouet préféré, un téléphone portable en plastique noir qui ressemble à s'y méprendre à un vrai. Parfois, il l'apporte aux clients qui le ramassent, croyant que quelqu'un l'a oublié.

Il est entré un jour dans la salle, deux ans plus tôt, en plein coup de feu, la langue pendante, irrésistible avec sa démarche pataude de petit chiot confiant. Silvia lui a donné à boire dans un coin, il s'est couché et il a attendu patiemment que les clients s'en aillent. Puis il s'est assis devant la corbeille de pain d'une table non débarrassée et il a penché la tête, les yeux pleins d'espoir.

Silvia a posé le pain par terre, il l'a trié, engloutissant les *grissini* italiens et snobant la baguette française, ce qui a amusé Jacopo. Silvia a mis des affichettes dans le quartier mais personne n'est venu réclamer le chiot. Alors il est resté. Ils l'ont baptisé Gorgonzola parce qu'il adore le mascarpone.

À la table 2, Gena se délecte de *scialatielli* aux scampis. Tom, l'Américain à la canne blanche de la 4, fait tomber son couteau en l'accrochant avec sa manche, et il le cherche en tâtonnant maladroitement dans le vide.

Gena, charitable, veut lui indiquer où il est tombé, du coup elle avale trop vite pour pouvoir parler. Alors une grosse crevette se coince à l'entrée de sa trachée.

Et…

C'est…

Le drame.

Gena essaye de crier, mais aucun son ne sort de sa bouche. Tout se passe à une vitesse incroyable. Elle s'agite, porte la main à sa gorge. Elle a de la peine à respirer, l'air devient rare.

Elle s'affole.

Julian réfléchit au moyen de convaincre Silvia de l'accompagner à Venise ; il n'a d'yeux que pour elle. Tom, dont la vue baisse chaque jour et qui évolue désormais dans un brouillard flou, a le visage tourné vers Gena mais il ne la distingue pas. Raffaella, plongée dans un magazine italien, lit les dernières nouvelles des VIP de la haute société romaine qu'elle connaît tous par cœur en savourant ses lasagnes. Les amoureux étrangers sont concentrés sur leur assiette. Le Français s'empiffre et sa femme le foudroie du regard.

Gena panique. Personne ne s'en rend compte. Ses yeux gris clair s'écarquillent de terreur. Elle a fait médecine avant de se spécialiser en psychiatrie. C'est comme si, devant son visage effaré, une main invisible déroulait le texte de la question d'internat : *Conduite à tenir en cas de corps étranger obstruant les voies aériennes.*

Sauf que ce soir elle n'est plus le médecin, mais le patient. Elle est totalement, affreusement lucide pour quelques secondes encore. Et elle sait qu'elle va mourir si personne autour d'elle ne connaît la manœuvre qui porte le nom du médecin américain qui l'a inventée, Henry Heimlich.

Dix ans d'études, des années de psychanalyse, un mariage, trois enfants, la naissance récente de sa petite-fille, tant d'efforts, de batailles, de stress, de gardes, de nuits blanches, de victoires, de défaites, d'amour, pour en arriver là.

Mourir comme une idiote, dans un restaurant italien, à quelques mètres de son cabinet parisien, c'est tellement bête, tellement stupide, tellement…

L'oxygène arrive de moins en moins à son cerveau, alors elle cesse de penser. Étrangement, elle n'a plus peur, même pour sa famille. Ses deux aînés sont de jeunes adultes qui ont pris leur envol, la petite dernière est une ado équilibrée, leur père est un homme bon et sage, il les conseillera, ils la pleureront puis continueront leur chemin. Des confrères récupéreront ses patients en analyse, il y aura du flottement au début puis ils trouveront leurs marques. Nul n'est indispensable. On est vite oublié, en ce monde. Cela vaut mieux sans doute pour ceux qui restent.

Ses forces l'abandonnent. C'est donc cela, la mort ?

Elle aurait tant aimé finir son assiette de *scialatielli*, savourer encore les jours, voir ses enfants mûrir et ses petits-enfants grandir, aller en Israël avec son mari, aider ses patients à la vie cabossée, dévorer des polars, et au moins une fois dans sa vie conduire une Ferrari…

Elle vacille. Elle va tomber le nez dans son assiette. Silvia criera, demandera s'il y a un médecin dans la salle. Comme Gena sera morte, elle ne pourra même pas répondre. Alors Silvia composera le 15 pour appeler le SAMU mais les médecins réanimateurs arriveront trop tard, elle n'aura plus ni pouls ni tension, ses poumons ne respireront plus, sa pompe cardiaque sera désamorcée, elle sera comme un moteur inutile à la batterie morte, bon pour la casse, même pas utilisable pour les greffes d'organes, quel gâchis.

3.

Il est 21 heures à la pendule publicitaire de la cuisine d'*Amore & Pasta*, une pendule kitsch offerte par les pâtes De Cecco, ici on ne mange pas des Lustucru ni des Buitoni. Une pendule qui a quelques minutes d'avance…

Silvia sent, à un mouvement de l'air, un changement de l'harmonie ambiante, que quelque chose ne va pas. Elle cesse de sourire à Julian, inspecte la salle.

Son sang se glace. Elle vient de repérer Gena, dodelinant de la tête, à moitié dans le coaltar. Elle devine en un éclair ce qui se passe.

La psychanalyste va s'effondrer, comme Maria il y a quinze ans. Et elle va mourir à la table 2, à quelques mètres de cette table 1 où Maria s'est étouffée avec un fruit confit de la décoration du gâteau d'anniversaire dont Silvia venait de souffler les dix bougies. Un magnifique *tiramisu'* confectionné par Jacopo.

À l'époque, la petite fille ignorait ce qu'il fallait faire, elle était pétrifiée, impuissante et, surtout, par la faute d'un salaud de médecin chauve à lunettes, elle s'était sentie terriblement coupable.

Silvia se précipite, enjambant Gorgonzola et son jouet.

Gena, la tête renversée en arrière, est d'une pâleur extrême. Elle a les yeux ouverts mais elle ne voit plus rien. Ses prunelles d'un gris très doux sont tournées vers Silvia, elle n'est pas aveugle comme Tom, pourtant le restaurant et ses habitués n'existent plus pour elle.

Le cœur rouge de la devanture, la cafetière et les spaghettis dans le fragile verre de Murano, les tournesols avides de lumière, les plats odorants, les nappes gaies, le vin suave, tout cela est gommé, disparu, volatilisé. Elle n'en a plus conscience. Elle erre entre deux rives.

Silvia a la terrible responsabilité de s'interposer entre la mort et la psychanalyste. Son cœur bat à tout rompre. La sueur perle à ses tempes. Faire vite. Surtout, ne pas se tromper. Oublier l'amour et les pâtes, Jacopo et la grappa, Julian et Venise, la chronique culinaire du magazine. Surtout, oublier Maria, le gâteau et cet imbécile de médecin.

Se concentrer. Récapituler. Agir.

En théorie, elle sait ce qu'elle a à faire. Elle a suivi des cours de secourisme au lycée, elle connaît maintenant par cœur la manœuvre de Heimlich dont l'explication est affichée aux États-Unis dans tous les lieux de restauration rapide.

Le procédé est infaillible. Il faut se mettre derrière celui ou celle qui étouffe et lui entourer la taille avec ses bras. Puis placer un poing fermé, recouvert par l'autre main, sous le sternum de la personne, dans le triangle dessiné par les côtes, au creux de l'estomac, au-dessus du nombril. Et enfin tirer d'un coup sec vers le haut pour effectuer une contre-pression et déloger le corps étranger qui l'empêche de respirer.

Si elle avait pratiqué cette méthode à l'époque, Maria serait encore en vie. Et Jacopo n'aurait cessé ni de parler ni de sourire. Cet imbécile de médecin à lunettes ne le leur avait pas caché : « Elle est morte, je suis désolé. Alors qu'il aurait suffi de lui faire la manœuvre de Heimlich, ça aurait expulsé le fruit confit et ça l'aurait sauvée ! C'est vraiment con… »

Aujourd'hui donc, quinze ans plus tard, Silvia se précipite derrière Gena et passe ses bras autour d'elle. Puis elle entoure son poing gauche de sa main droite, bande ses muscles, repère le creux de l'estomac, prend une grande inspiration.

Ensuite, d'un coup sec qui lui arrache les épaules, elle tire de toutes ses forces de bas en haut. Et elle prie de tout son cœur ce Dieu auquel Maria croyait dur comme fer.

Le corps de la psychanalyste, inanimé et lourd, tressaute. Miracle, cela fonctionne !

Gena hoquette, pour son salut. Et elle expulse la crevette qui bouchait sa trachée et bloquait le passage de l'air.

Elle s'amollit une seconde entre les bras de Silvia, puis reprend vie au sens propre du terme. Ses poumons se dilatent, son tonus revient, son cœur bat, son sang circule. Elle palpite, elle vibre, elle renaît.

Silvia a libéré toute son adrénaline. Elle est en nage, elle a l'estomac en feu. Elle a réussi. Elle écarte les bras, aide Gena à s'adosser à sa chaise.

Les lèvres de la psychanalyste retrouvent leurs couleurs, son nez ses taches de rousseur, elle a sur le visage une expression étonnée.

Silvia a l'impression absurde de l'avoir mise au monde. Elles sont désormais liées. On dit que regarder quelqu'un dormir, c'est comme lire une lettre qui ne vous est pas destinée. Silvia a fait pire, elle a failli la regarder expirer.

Gena souffle :

— Merde, j'ai cru que j'allais mourir !

Silvia murmure :

— On va tous mourir un jour, mais pas aujourd'hui.

Elles restent là, hébétées, entourées par les autres clients qui se sont précipités vers elles. Julian, Raffaella, les couples étrangers et le ménage français parlent tous en même temps. Jacopo a quitté sa cuisine et les contemple, muet et bouleversé.

Tom, seul, est resté à sa place, où il répète d'un ton angoissé : « Qu'est-ce qu'il y a ? » avec son accent américain à couper au couteau.

Silvia tremble, après coup, en réalisant l'énormité de ce qui vient de se passer. L'impression est affolante, indescriptible. Rien à voir avec le plaisir qu'elle guette dans le regard de ceux qui se régalent à *A & P*. Ici, on se place sur un autre niveau, ici, on touche à l'essentiel.

Gena, recroquevillée sur sa chaise et gênée d'être la cible de tous les regards, se ressaisit, relève la tête, efface les épaules.

— Ça va aller ? vérifie Silvia.

Gena hoche la tête et soudain un merveilleux sourire illumine son visage, il part du menton, s'écarte vers les joues, inonde les yeux, la transfigure. À cette seconde, elle réalise pleinement qu'elle est vivante.

Elle balbutie d'une voix sourde :

— Vous m'avez sauvé la vie… vous m'avez vraiment sauvé la vie !

Une quinte de toux l'oblige à s'interrompre.

Silvia en profite et dit sans penser à mal :

— Vous devriez peut-être consulter un vrai médecin ?

Gena laisse échapper un petit rire, elle reprend des forces de minute en minute. Sa voix est nettement plus assurée quand elle répond :

— Tout va bien… grâce à vous. Tout de même, c'est le monde à l'envers. Mes patients me payent et en échange mon temps leur appartient pendant les quarante-cinq minutes que dure leur séance, qu'ils viennent ou pas, qu'ils parlent ou qu'ils se taisent… Mais je ne pensais pas que mon propre temps m'était compté !

Silvia est épuisée. Elle aime mettre du piment dans la vie de ses clients, ajouter des épices aphrodisiaques dans leurs plats, gingembre, bois bandé, massala, des poivres exotiques, des sels du bout du monde, même si elle mène une existence banale rythmée par les impératifs horaires du restaurant.

Aujourd'hui, elle ressent l'ivresse d'avoir soustrait un être humain à la mort. Rien n'est comparable à cela.

Jacopo s'approche, ému. Il empoigne l'épaule de sa fille et la serre si fort qu'elle grimace, c'est sa manière de la féliciter, sa façon aussi d'évoquer Maria, de se rappeler le silence qui a suivi, il y a quinze ans, quand elle s'est affaissée devant eux et le *tiramisu'*. Un silence de mort, précisément.

Silvia, d'un geste très tendre, incline la tête et demeure ainsi quelques instants, sa joue contre la main de son père. Elle rêve de suivre Julian à Venise, de faire l'amour avec lui dans un petit hôtel donnant sur la lagune, de sauter dans un *vaporetto* pour boire un *bellini* à la Locanda Cipriani de l'île de Torcello, d'écrire des articles pour son magazine, d'avoir la vie libre et indépendante d'une jeune femme amoureuse. Mais son devoir est de rester là. Elle n'aurait jamais dû craquer pour un voyageur. Elle a arraché son père à l'emprise de l'alcool, il serait impensable de l'abandonner aujourd'hui.

Julian résume rapidement la situation à Tom. L'Américain est un compagnon caustique et cultivé qui pratique l'autodérision et se referme comme une huître dès qu'on parle de son passé ou de sa cécité. Julian ignore combien de temps leur ami a prévu de rester en France. Tom ne porte pas d'alliance, il vient de Los Angeles, il aime les pâtes et le bon vin, il manie sa canne blanche avec maladresse. Il n'est pas aveugle de naissance puisqu'il connaît et mentionne les couleurs. Et il déteste le cinéma avec force et vigueur. Un jour, Julian et Silvia lui ont proposé d'y venir avec eux, bien sûr il ne verrait pas l'écran mais il y aurait les dialogues et la musique. Tom est devenu blême et furieux, les veines de son cou saillaient, ses mains tremblaient, son débit était saccadé. Il a grondé qu'il avait le cinéma en horreur.

Dans le pub où Julian a grandi près de Londres, il y avait un client aveugle qu'il raccompagnait chez lui quand il était trop imbibé. Julian avait appris à lui faire aborder les trottoirs de face et non de biais, à lui dire à l'avance si les escaliers montaient ou descendaient, à garder les portes ouvertes ou fermées mais jamais entrouvertes et à le prévenir quand il s'en allait.

Un jour, il a parlé de ce client à Tom.

— Lâche-moi avec ça ! a jeté l'Américain sèchement.

Julian a compris et n'a plus insisté.

Il va partir. Tom sera encore plus déprimé. Silvia dormira seule, ses bras seront vides, il n'y aura plus ni rires, ni caresses, ni étreintes, la vie ne pétillera plus, la joie sera bouchonnée, le bonheur éventé.

Pour l'instant, il se tient debout derrière elle, il ne la touche pas et pourtant c'est comme s'il la tenait serrée contre lui. Elle sent son eau de toilette et l'odeur de ses cheveux, elle sait la saveur de sa bouche. Leurs corps se tendent l'un vers l'autre, au milieu de la foule. Elle se retourne. Leurs regards se croisent. Ils frémissent.

Gena ne veut inquiéter ni son mari qui est en déplacement professionnel la semaine, ni ses enfants, alors elle rentre chez elle seule malgré les mises en garde de Silvia.

Les émotions creusent. Silvia apporte le dessert du jour, des verrines de *panna cotta*, une crème à la vanille italienne. Puis elle sert les cafés au goût de chacun, café italien serré, café américain dilué, café français fadasse, accompagnés d'une assiette de *cantuccini*, des biscuits secs aux amandes, et de petites cuillères en chocolat qui fondent délicieusement lorsqu'on les tourne dans la tasse.

Les couples d'étrangers s'en vont enfin, rassurés et repus. Le ménage français part en se chamaillant sans laisser de pourboire. Jacopo vient s'asseoir dans la salle avec les habitués. Ils sont tous chamboulés.

Raffaella, troublée, a besoin de se confier et leur explique que c'est la première fois qu'elle vient à Paris.

— Je suis là pour Flavio, l'amour de mes vingt ans. Mon père n'a pas voulu que je l'épouse autrefois parce qu'il n'était qu'un sculpteur sans le sou. Sa galerie est juste derrière. Nous sommes toujours restés en contact mais nous ne nous sommes jamais revus…

Vu son âge, cela fait plus de cinquante ans. Julian et Silvia échangent un long regard. Ça ne leur arrivera pas.

Jacopo monte se coucher à l'étage. Tom réintègre son loft plus haut dans la rue. Raffaella regagne, seule, son hôtel si différent des palaces auxquels elle est habituée.

Silvia et Julian traversent la rue, suivis de Gorgonzola, entrent dans l'immeuble d'en face et gravissent les six étages sans ascenseur de l'escalier A.

Julian vit dans un grand studio né de la réunion de trois chambres de bonne sous les toits. Le sol, aux tommettes différentes pour chaque pièce, redessine l'ancienne topographie des lieux. Les murs sont tapissés d'étagères où s'empilent des romans. Au centre de l'espace, un grand lit et une petite baignoire sabot.

Gorgonzola, son jouet dans la gueule, s'allonge à sa place, sous la fenêtre, dans le courant d'air frais.

Silvia se laisse tomber sur le lit, le sauvetage de Gena Meyer l'a vidée. Elle repense au film de Frank

Capra où l'ange Clarence fait contempler au héros joué par James Stewart un monde où il ne serait pas né. En sauvant Gena aujourd'hui, Silvia contribuera à sauver chaque patient que la psychanalyste épaulera et empêchera de se suicider dans les années à venir. Elle est devenue l'un des maillons de la chaîne.

Il y a cela, la vie revenue dans les yeux de Gena. Et la mort jadis, dans ceux de Maria. Il y a la peur et le soulagement, l'émotion et l'excitation, les mains de Silvia et de Julian qui se caressent, les bouches qui se mêlent et halètent, les corps qui s'étreignent, les jambes qui s'emmêlent, les mots qui supplient. Ils s'aiment. Il va partir. Elle va rester. Ils se manquent déjà.

Tout changera, c'est obligé. Il n'a pas prévu de revenir à Paris ensuite, il a fait une fois pour toutes le choix de changer tous les six mois de pays, il est sous contrat pour écrire un guide des villes européennes vu à travers le prisme des écrivains qui y vivent, il continuera à chroniquer les nouveaux romans français que les éditeurs lui adresseront régulièrement ; tout est organisé, réglé comme du papier à musique. Il ne pouvait pas prévoir Silvia. Elle ne pouvait pas imaginer Julian. Ils ne s'attendaient pas l'un à l'autre.

Ils roulent ensemble, éperdus, comblés, déchirés, offerts. La France et l'Angleterre ne sont plus séparées par la Manche, elles ne forment plus qu'un seul pays.

AMORE & PASTA, MARDI

Plats du jour, au choix :
Bigoli in salsa, bigolis aux anchois
Trenette al pesto, trenette au pistou

Dessert :
Crostata di ricotta, tarte au fromage

4.

Silvia ouvre un œil, regarde le plafond où le réveil électronique de Julian projette l'heure, 07 : 45. Le lit près d'elle est vide, elle s'y attendait, c'est normal. Julian l'a prévenue qu'il partirait tôt ce matin, il a rendez-vous pour interviewer un acteur au Café Costes.

Elle se décale vers la droite, se love dans le creux imprimé sur le matelas par le corps de son amant, se pelotonne contre l'oreiller qui a gardé son odeur.

Elle espère que Gena va bien. Elle songe à Maria ; l'évoquer ne lui vrille plus le cœur comme une guimauve torsadée de fête foraine, cela lui tord juste le ventre. Elle voudrait oublier le prochain départ de Julian pour ne pas gâcher leur dernière semaine. Comme elle n'y parvient pas, elle lâche prise et se réfugie dans le sommeil…

Elle se réveille en sursaut. On a sonné à la porte.

Gorgonzola se dresse et aboie. Elle lève les yeux vers le plafond, 09 : 15.

— Tu as oublié tes clefs, Julian ? questionne-t-elle d'une voix brouillée.

— C'est Gena Meyer, je voulais vous remercier pour hier…

Silvia fronce les sourcils, étonnée que la psychanalyste sache où ils habitent. Elle enfile à la hâte son jean et un tee-shirt bleu assorti à ses yeux puis ouvre la porte, pieds nus, et s'écarte pour laisser entrer la visiteuse.

En réalité, les deux femmes se connaissent peu, même si Gena dîne chez *Amore & Pasta* quatre soirs par semaine. Son époux voyage pour son travail, ses enfants sont grands et ont quitté la maison, elle reçoit ses patients tard, les magasins sont fermés, elle n'a pas le temps de faire des courses, aller au restaurant la débarrasse de cette contrainte matérielle.

Elle vient parfois avec une consœur médecin aux cheveux en pétard. En apportant leurs assiettes, Silvia capte des bribes de leur conversation. Gena emploie des formules drôles et lapidaires : « Ce n'est pas un monument historique mais un monument hystérique, il faut assurer un minimum syndical, il est urgent d'attendre, il ne faut pas se jeter dans la gueule du loup mais éviter que le loup ne referme ses dents. » La psychanalyste est une femme équilibrée et douée d'humour. Dieu merci, Silvia n'a jamais eu affaire aux gens de sa corporation. Elle les surnomme les GPS, *Global Positionning System* et Gentils Psys Sagaces. Il en faut, c'est certain. Mais elle-même ne s'est jamais sentie concernée.

Gena caresse Gorgonzola. Elle a les mains vides, c'est le détail qui frappe Silvia en premier. Quand on veut remercier, la tradition est d'offrir des fleurs, des chocolats, du champagne, un produit périssable et festif. Mais Gena se tient droite, les bras le long du corps. Elle est peut-être venue lui faire cadeau de séances d'hypnose gratuites ?

— Un café ? propose Silvia, en bonne fille d'Italien.

— Non merci, je suis un peu pressée, ma première patiente arrive dans vingt minutes.

Donc, ce sera une gratitude profonde mais rapide, tant mieux.

Gena s'avance dans la pièce. Silvia rabat pudiquement les draps sur le lit défait. Gorgonzola prend son téléphone jouet dans sa gueule et le dépose aux pieds de l'arrivante.

— Je suis venue vous remercier, répète Gena.

Silvia hoche la tête, on ne va pas en faire un fromage.

— Ce n'était pas la peine. J'ai vu quelqu'un mourir ainsi autrefois, je me suis sentie tellement impuissante… Maintenant je sais comment agir.

— Je veux que nous soyons quittes, poursuit Gena.

— Je vous promets de vous appeler en urgence si je m'étouffe un jour, d'accord ? plaisante Silvia.

Cela lui semble étrange de voir Gena en dehors du restaurant, sans commande à passer, comme si elles étaient des amies.

— On vous voit à *A & P* ce soir ? demande Silvia pour meubler le silence qui suit. Vous aurez le choix entre un plat de Vénétie et un plat de Ligurie. *Bigoli in salsa*, des spaghettis à la farine complète avec une sauce aux anchois, à l'ail, au poivre et à la cannelle, un plat traditionnel du vendredi saint. Ou *trenette al pesto*, des *fettuccine* de blé dur servis avec une sauce au basilic, des pignons, de l'huile d'olive et un fromage appelé *pecorino*.

— Délicieux, dit Gena. Mais je tiens à vous remercier.

Silvia hausse les épaules. On offre une récompense à qui retrouve un portable, un portefeuille ou des clefs. Le don est proportionnel à la valeur de l'objet. Mais une vie n'a pas de prix.

— Faites de la publicité à notre restaurant, le bouche à oreille est essentiel, dit-elle, gênée.

— Je vous suis vraiment reconnaissante, insiste Gena. Et je vais vous le prouver : une vie pour une vie ! Vous avez sauvé la mienne, alors je vous en offre une en contrepartie.

Elle regarde Silvia au fond des yeux et déclare en détachant ses mots :

— En échange, vous avez gagné le droit de sauver la vie de la personne que vous aimez le plus au monde.

— Hein ?

— Et vous avez trois jours pour faire votre choix.

— Pardon ? dit Silvia, éberluée.

Gena sourit comme si elle s'attendait à cette réaction.

— Vous m'avez très bien entendue !

Silvia fronce les sourcils.

— Vous auriez dû aller à l'hôpital hier soir, ils vous auraient fait des examens, vous avez sûrement été plus secouée que je ne le pensais…

Le sourire de Gena s'efface.

— Je suis en pleine forme, je vous assure.

— Excusez-moi, mais ça n'en a pas l'air !

— Je suis parfaitement lucide, au contraire. Je suis du côté des soignants, pas des patients, rappelez-vous.

— Je crois que vous venez de franchir la frontière. Vous vous prenez pour Dieu ?

— Loin de moi cette idée, chacun son travail, le mien me suffit amplement, je vous jure. Écoutez, je ne vous ai pas demandé de m'aider, vous l'avez fait de votre propre initiative. Maintenant, vous êtes bien obligée d'en assumer les conséquences…

— Alors là, c'est la meilleure ! s'écrie Silvia. Vous auriez préféré que je vous laisse crever ?

— Le nez dans mes spaghettis ? Non !

— C'étaient des *scialatielli*, corrige Silvia, offusquée.

— Oui, bon, bref, le nez dans mes pâtes. Bien sûr que non, et je vous suis infiniment reconnaissante de m'avoir brisé une côte dans votre enthousiasme !

Silvia, éberluée, la foudroie du regard.

— Je plaisante, dit Gena. Je suis ravie d'être encore là. Et je suis venue payer ma dette. Une vie en vaut une autre. La mienne vaut celle de vos proches !

— Vous devriez prendre quelques jours d'arrêt maladie et consulter un de vos confrères. Donnez-moi le numéro de votre mari, de vos enfants ou de votre copine à la coiffure de hérisson, je vais les appeler…

— En voilà assez, coupe Gena en consultant sa montre. Ma patiente va arriver. Il faut me croire, dans votre intérêt !

Silvia soupire. La psychanalyste a pété un plomb. Son cerveau a dû être trop longtemps privé d'oxygène. Ils vont la soigner et tout rentrera dans l'ordre, elles en riront ensemble ensuite. Il vaut mieux, pour son bien, entrer dans son jeu. C'est ainsi qu'on doit agir avec les fous. Ne pas les brusquer ni s'opposer à eux. Faire semblant d'adhérer à leur délire.

— D'accord, dit-elle. Admettons…

— Quelle est la personne que vous aimez le plus au monde ? demande Gena.

— Je dois me cantonner aux humains ou je peux choisir Gorgonzola ?

— Soyez sérieuse. Arrêtez d'esquiver. Qui préférez-vous ? Réfléchissez !

Deux noms viennent spontanément à l'esprit de Silvia : son père, Jacopo, et l'homme qu'elle aime, Julian. Mais elle se tait.

Pourtant, Gena hoche la tête comme si Silvia venait de lui répondre et de prononcer distinctement leurs noms.

— Votre père et votre petit ami ? Très bien. Vous avez donc trois jours pour décider lequel vivra le plus longtemps.

Silvia grimace. Elle a un passeport français puisqu'elle est née à Paris, mais son père est italien et elle a la superstition dans ses gènes. Là-bas on ne rigole pas avec la mort, cela porte malheur.

— Mon père a soixante-neuf ans, Julian en a trente, dit-elle. Ils n'ont pas la même espérance de vie, forcément.

— Aujourd'hui, si, déclare Gena sans manifester la moindre émotion. À partir de maintenant ils sont à égalité. Mais l'un d'eux n'a plus que soixante-douze heures à vivre.

Silvia bondit.

— Ça ne va pas la tête ? rugit-elle. Je ne vous en veux pas, ce n'est pas votre faute, mais là vous dépassez les bornes…

— Vous n'avez aucune raison de m'en vouloir. Cessez de discuter ou le temps vous filera entre les doigts. Le chrono est lancé, vous n'y pouvez rien et moi non plus.

— C'est du délire, enfin ! Vous divaguez !

— Je sais que c'est difficile à croire, dit posément Gena. Je suis venue vous remercier, c'est peut-être un cadeau empoisonné mais c'est tout de même un cadeau. La vie est injuste. D'habitude on n'a pas le choix… Vous, aujourd'hui, vous l'avez. Ceux que vous aimez sont en danger, vous avez la capacité d'en sauver un, c'est déjà beaucoup !

Les deux femmes se font face et s'affrontent du regard, la tension entre elles est palpable. De l'extérieur, Gena semble sereine, on ne voit pas qu'elle déraille. Tandis que Silvia, qui a toute sa raison, paraît hystérique.

— Vous êtes folle depuis le début et je ne m'en étais pas aperçue… ou bien ce qui s'est passé hier vous fait débloquer, murmure Silvia en s'exhortant au calme. Oubliez toutes ces bêtises et reposez-vous.

Gena marche vers la porte, se retourne au moment de franchir le seuil.

— Je suis votre obligée, Silvia. Faites-moi confiance, je ne mens jamais, c'est contraire à mon éthique : vous avez gagné une vie en échange de la mienne, celle de la personne que vous aimez le plus au monde. En intervenant dans mon destin, vous avez intégré une spirale qui englobe les destinées de vos proches. Je vous en prie, ne perdez pas votre temps à chercher le Pourquoi ou le Comment. Concentrez-vous plutôt sur le Qui. Qui mourra, qui vivra. La balle est dans votre camp. C'est à vous de choisir. Et vous n'avez que trois jours.

La porte se referme sur la psychanalyste, ses pas décroissent dans l'escalier. Silvia secoue la tête. Gena, à force de côtoyer les détraqués, est devenue comme eux. C'est pathétique et ça lui fait froid dans le dos.

Julian a laissé un mot sur le bureau : « Suis au Café Costes pour mon interview, à tout à l'heure. »

Silvia allume l'ordinateur, se connecte à Internet, cherche dans l'annuaire du Web, mais il y a plus de six cents Meyer à Paris. Elle ne peut ni contacter le mari de Gena pour le prévenir de l'état de sa femme, ni joindre ses enfants.

Elle s'assied au bord du lit, chamboulée. Gorgonzola, sensible à son changement d'humeur, lui fourre sa truffe froide dans la main.

5.

Une clef tourne dans la serrure. Julian entre, souriant, un sac de croissants à la main. Indéniablement british, avec cette élégance innée de l'homme qui, même en Barbour, pantalon de velours et bottes sous le crachin anglais, a toujours l'air d'un gentleman. Aujourd'hui, sous le soleil de France, il porte une chemise bleue, un jean blanc et des tennis.

— Ces croissants sont un vrai bonheur, dit-il.

Puis son sourire s'efface. Dans huit jours il ne se régalera plus de croissants parisiens mais de *cornetti* vénitiens. Sans Silvia.

Elle ouvre la bouche pour lui raconter la visite de Gena Meyer, hésite, se ravise. Par superstition d'abord, pour préserver l'harmonie ensuite. Il leur reste si peu de temps. Pas soixante-douze heures comme le prétend l'autre foldingue, mais une ridicule petite semaine.

Bien sûr, ils se téléphoneront, bien sûr, ils s'enverront des mails, des SMS, des lettres, des cartes, bien sûr ils communiqueront par télépathie, par empathie, leurs peaux se chercheront. Mais ils seront séparés, morcelés. Qui sait ce qu'il adviendra ?

Julian ne reviendra pas à Paris, ce serait empêcher un oiseau migrateur de suivre son instinct. Elle ne le suivra pas à Venise, un chien de berger n'abandonne pas son troupeau même s'il se compose d'une unique brebis. Il volera en direction du sud. Elle fera des cercles autour du restaurant sans s'en éloigner. Leur amour, aussi sincère et profond qu'il soit, est voué à l'échec. Loin des yeux, loin du corps.

Silvia prépare du thé anglais pour Julian et du café italien pour elle, il réchauffe les croissants. Il la fait rire en imitant l'acteur qu'il vient d'interviewer, qui a voulu l'impressionner en répondant de manière provocante à ce qu'elle appelle le questionnaire de Julian. C'est un test de personnalité adapté de ce questionnaire de Proust qu'on croit à tort inventé par l'écrivain, qui l'a découvert en 1884 à treize ans dans un album anglais.

À la question de Julian : *Quel est votre plus beau souvenir ?* L'acteur a répondu : Le jour de ma mort. *Votre plus grande folie ?* Jouer pour des crétins incapables de comprendre mon génie. *Le livre qui a changé votre vie ?* Celui que j'ai écrit. *Que signifie pour vous réussir dans la vie ?* Être admiré et haï de mes semblables. *Que signifie pour vous réussir sa vie ?* Répondre à vos questions à la con, pour ma gloire.

— Le personnage est odieux mais le livre qu'il prétend avoir écrit n'est pas mal, le nègre qui l'a rédigé a du talent, conclut Julian en prenant le dernier croissant. On partage ?

Silvia décline l'offre, Gena lui a coupé l'appétit.

— Et toi, fait-elle, quel est ton plus beau souvenir ?

— Le moment où tu as accepté de me suivre à Venise, répond Julian du tac au tac.

Elle baisse les yeux. Il sait pourtant qu'il la torture.

— Je t'en prie, insiste-t-il. Jacopo est ton père, pas ton mari. Ose me dire que c'est ton propre choix de tenir le restaurant. Si c'est vraiment ton rêve, je m'inclinerai. Allez, Silvia…

Les yeux bleus de la jeune femme s'emplissent de larmes.

— Je peux lui parler si tu veux ? propose Julian.

— Non ! s'écrie-t-elle, farouche.

Il la prend dans ses bras. Elle se laisse aller contre lui. Elle n'a jamais raconté à personne ce qui s'est passé le soir de ses dix ans, même pas à lui. Si elle avait sauvé Maria à l'époque, la question ne se poserait pas. Au lieu de cela, elle a sauvé l'autre cinglée hier. La vie est mal foutue.

— J'espère que ta psychiatre miraculée va bien ? dit Julian.

— Elle est passée me remercier tout à l'heure.

— Alors ?

Silvia hésite, se borne à répondre :

— Je l'ai trouvée assez délirante mais je la connais peu, elle a peut-être toujours été folle…

Cette pensée la rassure. Gena Meyer est maboule, elle l'était hier et elle le sera demain. Jacopo et Julian ne risquent rien. Ils mourront, comme Gena, comme Silvia, mais dans très longtemps, en tout cas pas dans les trois jours.

Julian sort une enveloppe de son cartable et la pose sur le bureau près de la fenêtre ouverte.

— J'ai eu une surprise ce matin. Une lettre de Wellington.

— Le duc qui a battu Napoléon à Waterloo ? Sa lettre s'est perdue en chemin ?

— Très drôle. Wellington est la capitale de la Nouvelle-Zélande. Je t'ai parlé de ce roman que j'ai adoré, écrit par un ancien notaire de là-bas. Façonné de main de maître, avec des mots percutants, si précis qu'ils font mouche en te transperçant l'âme, des phrases parfaites, ciselées, imparables, comme tes recettes. Je suis curieux de voir comment il a répondu à mon questionnaire.

Silvia se souvient, en effet. La joie de la capture, le plaisir de la pêche, le bonheur de la chasse. C'est pour cette jubilation que Julian se coltine des kilos de livres et s'épuise les yeux. C'est pour cet instant qu'il donne sa chance aux auteurs qui ne sont personne et n'ont pas de visage. Pour être le premier à découvrir un écrivain, le propulser dans la lumière, le conseiller, le partager.

Julian ne cherche pas sa propre gloire, s'il écrit son guide des villes européennes sur les pas des écrivains locaux c'est pour le plaisir de se pencher sur eux. Il est d'abord et surtout passionné de textes. « Quand je pense à tout ce qui me reste à lire, j'ai la certitude d'être un homme heureux », disait Jules Renard. Julian partage ce point de vue. Il comprend les gourmets qui s'inscrivent trois ans à l'avance pour goûter la cuisine de Ferran Adria chez El Buli près de Barcelone. Julian, pour savourer un nouvel auteur, ferait les pieds au mur et décrocherait la lune.

Plus tard, Julian et Silvia font l'amour, mais elle a du mal à se détendre. Une petite voix obsédante souffle à son oreille de manière lancinante : « Et si cette Gena Meyer que tu crois marteau disait la vérité ? Si Julian était en danger ? »

— Qu'est-ce que tu as, *honey* ? murmure Julian. C'est parce que je pars ?

Lorsqu'il l'appelle miel en anglais, ça la fait fondre. Elle ment pour l'apaiser.

— Je n'ai pas fermé l'œil de la nuit à cause d'hier soir…

— Alors, dormons, ordonne Julian en la serrant contre lui.

6.

Quand ils se réveillent, ils décident d'aller à la bibliothèque sonore du bout de la rue. Julian, dont le père est anglais et la mère française, est bilingue. Depuis qu'il est critique littéraire, il reçoit les romans en service de presse longtemps avant leur sortie. On les lui apporte par sacs postaux, jusqu'à trente livres par jour. Au début il ne savait pas où les entreposer, puis il s'est arrangé avec un habitant de l'immeuble qui lui sous-loue un box. Le facteur dépose les sacs postaux sous l'auvent de la cour, Julian les traîne jusqu'au box, il les trie par genres et ne monte jamais les mains vides dans son sixième sans ascenseur.

Une fois qu'il a dévoré les romans, il chronique ceux qui lui plaisent, il les redescend dans le box, il les empile dans un caddie emprunté au supermarché voisin. Puis il les apporte à la bibliothèque sonore, où des donneurs de voix bénévoles les enregistrent sur des cassettes. L'association possède même un fonds de romans policiers anglais.

C'est par ce biais qu'ils ont fait la connaissance de Tom. Il ne sait pas le braille. Le journal télévisé français n'a aucun intérêt pour lui. L'ami qui lui prête son loft n'est pas abonné au satellite, du coup Tom est coupé du monde sans CNN. Il ne lui reste plus que les livres enregistrés…

Le soir où ils se sont rencontrés, Julian bavardait avec une vieille bénévole de l'association. Tom est entré, les yeux masqués par ses lunettes noires, cheveux roux flamboyants, col roulé en cachemire jaune et jean anthracite, sa canne blanche à la main.

Dès qu'il a entendu Julian, il s'est tourné vers lui.

— Merci, a-t-il dit en français.

— On se connaît ? s'est étonné Julian en se creusant la tête.

— On vient de passer quarante-huit heures ensemble !

Il n'a pas pu voir la mine ahurie de Julian, mais son silence était si éloquent que Tom a souri.

— On s'est quittés tard hier soir après avoir passé la soirée en bonne compagnie dans un quartier louche, a précisé Tom.

— Vous devez me confondre avec quelqu'un d'autre, a répondu Julian, gêné.

— Je ne crois pas, non. On était avec Steve Carella, Cotton Hawes et Bert Kling.

Julian a éclaté de rire.

— C'était moi. Vous avez raison. J'avoue.

— Je dîne avec eux tout à l'heure chez McDonald's.

La bénévole les écoutait, intriguée.

— Je suis à Paris depuis une semaine, claquemuré dans un appartement, j'ai cru devenir dingue, a poursuivi Tom. Je vous dois mon salut.

Ses doigts se crispaient nerveusement sur sa canne télescopique.

— Je connais un endroit meilleur que McDonald's, juste à côté, a dit Julian. Vous n'êtes pas pressé ? Vous aimez les pâtes ?

— Je les adore et j'ai tout mon temps. Je suis pilote de ligne mais ils m'ont viré, je ne sais pas pourquoi.

La bénévole a ouvert de grands yeux.

— Restriction de personnel sans doute, une autre compagnie vous engagera, a fait Julian sur le même ton.

La vieille dame les a regardés s'éloigner avec stupeur.

Chez *A & P*, Julian a présenté Tom à Silvia en lui expliquant que l'Américain venait d'emprunter à la bibliothèque sonore les *Chroniques du 87e District*, des polars cultes d'Ed McBain enregistrés en anglais par ses soins.

— Tu aurais vu la tête de la bénévole quand il a cité les noms des héros, elle nous a pris pour des mafieux…

— J'ai reconnu votre voix dès que vous avez parlé, je venais de l'écouter deux jours d'affilée, a renchéri Tom. Je vous invite à déjeuner, je vous dois bien ça !

Ils ont bu du Montepulciano d'Abruzzo et Tom a insisté pour que Silvia trinque avec eux. Puis Gorgonzola est venu apporter son jouet et l'Américain lui a longuement caressé la tête.

— Mon chien est resté aux États-Unis, il s'appelle Paramount, c'est un labrador. Il me manque. Celui-là est de quelle race ?

— C'est un golden retriever. Vous êtes vraiment pilote de ligne ? a demandé Julian.

— Non, mais j'aime entendre le silence des gens quand je réponds ça. J'ai un sens de l'humour contestable.

C'est ainsi que Tom, Julian et Silvia sont devenus amis.

— Où est ta mère ? a un jour demandé Tom à Silvia.

— Elle est morte.

— Qu'est-ce qui lui est arrivé ?

— Qu'est-ce qui est arrivé à l'avion de ligne que tu pilotais ? a rétorqué Silvia.

Tom a hoché la tête.

— Tu sais pourquoi je vous apprécie, ton Anglais et toi ? Parce que vous me traitez normalement, sans égards particuliers, avec compréhension, pas avec pitié. Et puis tes cheveux sentent bon. Ne te méprends pas, je ne suis pas en train de te draguer, d'ailleurs je n'aime pas la couleur de tes yeux.

— Tu ne sais même pas de quelle couleur ils sont ! a riposté Silvia.

— De toute façon, je déteste les blondes.

— Perdu, j'ai des cheveux noirs comme l'enfer.

— Alors tu n'es pas mon type, Julian peut te garder !

Ils ont ri.

Julian et Silvia poussent la porte de la bibliothèque sonore.

— Salut, les amoureux ! lance Pierre, le responsable des donneurs de voix. On a une défection, une bénévole qui déménage en province. Silvia, ça te dirait d'intégrer l'équipe ?

Elle tressaille. Les mots et les livres appartiennent désormais au monde de Julian, le sien aujourd'hui c'est les casseroles et les recettes. Autrefois enragée liseuse, elle n'a plus le temps à cause du restaurant. Dorénavant, son talent, sa contribution à la vie de la cité, ce sont ses plats. Elle a troqué son goût des histoires pour celui de la cuisson juste, et le bouillonnement des idées pour celui de l'eau où elle plonge ses pâtes.

— Je serais incapable… balbutie-t-elle.

Elle veut dire qu'elle est débordée. Mais Pierre se méprend et croit qu'elle ne se sent pas à la hauteur.

— Tu sais lire, non ? Alors tu es qualifiée ! On a des petites vieilles pleines de bonnes intentions qui lisent de façon monocorde, en mâchonnant leur dentier, il y en a même une qui est allergique au papier et qui éternue à chaque bas de page, je te jure ! Pourtant, ceux qui nous empruntent des cassettes ne se plaignent jamais. Je sais de quoi je parle, j'ai eu un accident de moto il y a cinq ans, je n'ai pas pu lire pendant des mois à cause d'un traumatisme crânien, j'en avais sacrément marre de la télé réalité et de l'inspecteur Derrick. Au début, les amis viennent, on n'est jamais seul. Et puis les gens se lassent. Il y a les disques, mais quand on n'y voit pas on ne sait pas ce qu'il y a dessus. Il n'existe pas d'iPod ou de lecteur MP3 en braille, ce ne serait pas rentable. Le seul refuge, ce sont les livres enregistrés. C'est pour ça que j'ai fondé cette association quand j'ai recouvré la vue.

Julian a prévenu Pierre depuis le début qu'il allait partir et que la manne de livres allait se tarir.

— J'ai une mauvaise nouvelle à t'annoncer, dit-il. Je déménage pour Venise dans une semaine.

En fait, ç'aurait dû être une bonne nouvelle, mais la donne a changé. Jusqu'à hier, Julian était persuadé que Silvia l'accompagnerait.

Pierre encaisse, fixe Silvia qui soutient son regard sans flancher.

— Nous avons donc deux défections. On a vraiment besoin de toi !

Une petite voix dans la tête de Silvia scande avec les intonations de Gena : « Je suis venue vous remercier, c'est un cadeau empoisonné mais c'est tout de même un cadeau. Quelle est la personne que vous aimez le plus au monde ? »

— Je suis trop occupée, dit-elle à Pierre.

Julian sort les livres du caddie et les empile sur la table.

— J'en ai encore deux cents dans le box de ma cour, et le triple chez moi, au sixième étage. Il faudrait que tu m'envoies deux gars costauds pour les emporter.

Pierre hoche la tête, subjugué par les nouveaux titres, aussi fasciné qu'un gosse dans une fabrique de chocolats.

— J'espère qu'à Venise je trouverai une association française à laquelle donner les livres que les éditeurs m'envoient, dit Julian.

Il ne les vend pas, il les offre, il en a tant manqué dans sa jeunesse, on l'a tellement empêché de lire. Son père, fervent supporter du club de foot l'Arsenal, était un homme violent et fanatique, fiché en tant que hooligan notoire. Il tenait un pub enfumé et crasseux dans la banlieue de Londres.

Le petit garçon lisait sans cesse, tout et n'importe quoi, romans, poèmes, journaux, ce qui lui tombait sous la main, dans les odeurs de Guinness et de *pub grub*, le plat du jour inscrit sur l'ardoise au-dessus du comptoir.

Son père avait honte de ce fils qui préférait les bouquins au ballon rond et les bibliothèques aux stades. Il le rudoyait, lui flanquait des beignes quotidiennes pour en faire un homme, le secouait malgré son jeune âge en beuglant : « Qu'est-ce qu'on fera de toi, personne te paiera pour lire ! »

Il se trompait. On paye Julian pour passer ses journées à ce qu'il préfère au monde, avoir le nez dans un roman. Et c'est une sacrée victoire. Quand son père le tapait, sa mère prétendait que c'était pour son bien. Il les a quittés sans regret le jour de sa majorité.

À *Amore & Pasta*, il retrouve le monde d'habitués et les fumets de cuisine de son enfance, mais sans la brutalité paternelle et les bagarres d'ivrognes.

Rien n'impressionne Julian, ni le handicap de Tom, ni le mutisme de Jacopo, ni la classe innée de Raffaella, ni la beauté de Silvia. *A & P*, enclave italienne au cœur de Paris, est devenu sa famille. Partir sera un arrachement. Ses parents ne lui ont jamais manqué ; l'Angleterre si, avec ce qui fait son charme : la reine, McCartney, Lady Di, les Beatles, les restos indiens, la bière, les fléchettes, le Christmas pudding, Hamlet, Horatio, Heathcliff, et même Bridget Jones ou Harry Potter. Pourtant c'est le prix à payer.

En disant adieu à la Grande-Bretagne, Julian s'est juré de rester fidèle à son but. Et même le voudrait-il qu'il ne pourrait plus reculer. Il a prévenu son propriétaire parisien qu'il libérait le studio du sixième étage. Il a versé des arrhes et s'est engagé à louer six mois un deux pièces à Venise dans le quartier de Cannareggio, loin de la place Saint-Marc et de ses hordes de touristes. Il a donné sa nouvelle adresse aux éditeurs, signé pour une série d'articles sur la Sérénissime.

Dans huit jours, il sera italien.

7.

C'est un nouveau soir où tout commence apparemment bien, un délicieux parfum monte de la petite cuisine du restaurant, essences mêlées de basilic, ail et cannelle.

Aux tables 3 et 4 voisines, Julian et Tom viennent de commander les *bigoli* aux anchois. Raffaella, arrivée la première, savoure ses *trenette* au pistou à la table 5. La table 2 est vide, Silvia espère que Gena ne viendra pas, elle n'a pas envie de continuer leur conversation délirante du matin.

Un couple entre, Silvia s'avance pour les accueillir et leur exposer le principe de la maison. Ils se consultent du regard, s'installent à la table 6.

Tout va bien. Nourrir les gens, c'est effleurer le paradis du bout de sa cuillère. Silvia travaille pour oublier le départ de Julian et sa visiteuse du matin. Jacopo s'active à côté pour oublier l'absence de Maria. Les deux hommes sont en pleine forme, le ciel ne risque pas de leur tomber sur la tête, Gena a vraiment besoin qu'on la soigne.

— Votre père est seul en cuisine ? demande Raffaella à Silvia.

— Oui.

— Vos parents sont divorcés ?

— Le service est trop lent ? Il vous manque quelque chose ?

— Tout est parfait, assure Raffaella.

Les nouveaux arrivants de la table 6 sont new-yorkais, c'est écrit sur le tee-shirt bariolé de la femme, et francophiles. Le mari sourit à la ronde en dévoilant une denture éblouissante, c'est la première fois qu'il visite la vieille Europe. Il scanne du regard la décoration de la salle, examine les personnes présentes avec un intérêt d'ethnologue. Soudain, ses yeux s'écarquillent. Il vient de voir le barbu roux aux lunettes noires assis à la table 4.

Il fronce les sourcils et son cœur s'emballe. C'est un passionné de cinéma, un obsédé des studios hollywoodiens, un fondu total du septième art. Il voit tous les films qui sortent, il apprend par cœur les génériques de fin, il dévore les magazines de la profession, surfe sur Internet et dans les blogs spécialisés.

— Regarde ! souffle-t-il, éberlué, à sa femme. Tu te souviens de la soirée des oscars il y a deux ans ?

Ils l'ont passée scotchés devant leur téléviseur à écran plat, phalènes hypnotisés par les lumières factices de ce monde qui les fascine.

Elle suit son regard, dévisage Tom, laisse échapper un hoquet de surprise. Ce n'est pas possible. La planète cinéma se perd en conjectures sur la récente disparition de Tomas Cooper. Les producteurs des grands studios, les réalisateurs, son équipe, tout le monde le cherche, s'inquiète, s'interroge, les hypothèses vont bon train.

L'immense Cooper, trois fois oscarisé, serait là, en train de dîner incognito dans un petit restaurant de quartier, à Paris, France ?

Tomas Cooper, domicilié à Los Angeles, Californie, avait un visage rond et glabre, des yeux vifs et intelligents, et un élégant smoking Armani lorsqu'il est monté sur la scène du célèbre Kodak Theatre du Hollywood & Highland Center pour recevoir sa statuette. L'homme assis aujourd'hui à quelques mètres d'eux a une barbe, des yeux masqués par des Ray Ban foncées, et un col roulé en cachemire couleur laitue. Pourtant il a le même profil accusé, les mêmes cheveux roux, la même intensité, le même charisme.

Le New-Yorkais a du mal à croire à sa chance.

— C'est lui, j'en suis sûr ! murmure-t-il, radieux. Pour une fois, on est au bon endroit au bon moment… c'est fantastique !

Afin d'être certaine, sa femme chausse ses lunettes rehaussées de strass, plisse les yeux, puis secoue la tête, déçue.

— Il y a une ressemblance, mais ce n'est pas lui.

— Bien sûr que si ! Il a juste laissé pousser sa barbe et mis des lunettes pour se camoufler.

— Je te dis que non ! Cet homme-là est aveugle… tu ne vois pas sa canne ?

Le New-Yorkais déglutit avec peine. En effet, il y a une canne blanche télescopique et caractéristique accrochée par un lacet à la chaise du barbu. Ce n'est pas possible.

Et pourtant…

Si c'était ça…

Cela expliquerait ?…

Pour en avoir le cœur net, le New-Yorkais ouvre son téléphone portable qui fait aussi appareil photo. Puis il se lève et s'approche silencieusement de la table 4.

Julian, qui lui tourne le dos, ne le voit pas arriver. Tom, qui lui fait face, ne distingue qu'une silhouette au milieu du brouillard.

Le New-Yorkais lève son téléphone, cadre le visage du barbu dans son écran, cherche le meilleur angle…

Soudain, Gorgonzola jaillit de sous la table 1 et, d'une détente puissante, bondit sur lui. Effrayé, l'Américain recule en hâte et lâche son téléphone, qui tombe par terre.

— *Help ! Stop ! Help !* glapit sa femme.

Silvia, occupée en cuisine, entend et se précipite.

Raffaella l'arrête au passage et lui souffle :

— Cet homme voulait prendre une photo de Tom avec son portable et, je ne sais pas pourquoi, votre chien lui a sauté dessus !

Silvia se hâte vers le client pour arranger les choses.

— Je suis terriblement navrée ! Tout va bien ? Vous n'avez rien ? Mon chien a cru que vous lui aviez volé son jouet, il a le même… explique-t-elle en désignant le téléphone en plastique pour preuve de ce qu'elle avance.

Elle ramasse le portable, le restitue à son propriétaire.

— Vérifiez qu'il fonctionne, s'il faut le réparer la facture sera bien sûr à notre charge.

Gorgonzola, déçu et frustré, se recouche sous la table 1. Le New-Yorkais, rassuré, se sent ridicule. Il se rassied, mais sa femme, qui a eu peur pour lui, est très remontée.

— Votre fauve aurait pu blesser mon mari, cet animal est dangereux, il a sauté pour attaquer ! En plus ce n'est pas hygiénique dans un restaurant, vos lois autorisent ça ?

Enfant, elle a été mordue par un molosse et elle n'a jamais pardonné à l'espèce.

— Il ne m'a pas réellement attaqué, corrige l'homme, mais on ne sait jamais avec les animaux…

Jacopo s'avance à la rescousse, tenant deux verres et une longue bouteille au col effilé remplie de liquide transparent. Silvia se fige, la grappa lui rappelle de mauvais souvenirs. Jacopo sert les verres et les pose en souriant devant les clients.

Le New-Yorkais goûte, apprécie, hoche la tête. Son portable n'est pas cassé, il y a eu plus de peur que de mal. C'est un type aimable et arrangeant qui ne cherche pas la bagarre. Il n'a rien contre Tomas Cooper, il veut juste vérifier son identité avant de diffuser l'information aux autres mordus de cinéma. Cooper est célèbre dans le milieu, ce qui le concerne intéressera les fans.

— *Delicious, thanks !* J'ai été surpris par votre chien mais j'adore votre alcool…

Il coule un œil curieux en direction du barbu, puis élève la voix.

— Je n'en avais jamais goûté mais j'en avais vu au cinéma, dans ce film italien qui a obtenu un oscar !

Il jurerait que le barbu a pâli.

Tom n'a rien compris à la scène mais il s'est pétrifié en entendant une voix mâle inconnue parler de cinéma et d'oscar dans sa langue natale.

Pas maintenant, c'est trop tôt, il n'est pas encore assez fort, il ne supporterait pas d'être démasqué. Après avoir fait de lui un homme heureux, les cinéphiles sont devenus des paparazzi prêts à tout pour lui arracher son secret et s'en repaître. Ses concurrents se féliciteront de sa débâcle et piqueront sa place encore chaude. Hollywood est un monde de requins.

Il ne travaillera plus sur aucun film, cela lui broie le cœur. Sans les décors et les images, il n'a plus de raison de vivre.

Jacopo est muet, mais au moins il communique avec son prochain en cuisinant. Silvia invente des recettes et accueille les gens. Julian lit, partage, écrit, enregistre. Tom, lui, est désormais inutile, un pique-assiette, une ombre, un fantôme stérile et dérisoire, sans but, sans projet, sans avenir. Il vivote, il végète, il temporise. Il ignore s'il saura puiser au fond de lui-même le courage d'affronter la réalité. Il est trop lâche pour se détruire. Il n'en a pas la force. Pour l'instant…

Il se penche brusquement vers Julian et lui glisse à voix basse sur un ton fébrile :

— Je crois que ce type m'a reconnu. Je t'expliquerai plus tard. J'ai besoin que tu m'aides. Il ne doit surtout pas découvrir que je suis aveugle.

— Quoi ?

Tom lance la main en avant, agrippe le bras de Julian, le serre avec violence. Julian se contient pour ne pas se dégager en force.

— Ne me laisse pas tomber ! supplie Tom. Il sait qui je suis, merde !

— Il a de la chance. Tu es qui ?

— Je travaille dans le cinéma américain. Je suis connu dans le milieu, j'ai participé à des grands films…

Il en cite de si prestigieux que Julian reste pantois.

— J'ai fui Hollywood pour que personne n'apprenne ce que je suis devenu. Il ne doit pas me démasquer, je t'en prie !

— Tu es quoi ? Acteur ? Réalisateur ?

— Chef décorateur, j'ai été plusieurs fois primé, il a dû me voir à la télévision en février à la cérémonie des oscars. Je me croyais à l'abri, en France. Aide-moi ! implore Tom. J'étais en plein tournage, j'ai rompu mon contrat et quitté Los Angeles sans prévenir personne…

Julian songe aux hypothèses que Silvia et lui ont émises. En bonne romantique, elle supposait que l'Américain était parti à cause d'une femme. En bon journaliste, lui flairait plutôt un problème politique.

Il repousse sa chaise et annonce à Tom à voix haute :

— J'ai envie de pisser ! J'ai accroché ma canne à ta chaise, Robert, surtout ne me la donne pas, je dois la trouver tout seul…

Tom se tait et attend, pétrifié. Julian tâtonne, attrape la canne blanche, la manie avec une maladresse volontaire, donne au passage un coup dans la jambe du New-Yorkais, qui proteste en se frottant le tibia :

— *Hey !* Attention !

— Oups ! Pardon ! Je suis désolé, excusez-moi… Les toilettes sont par là ?

Silvia ne comprend rien à ce qui se passe mais démarre au quart de tour.

— Je vais vous accompagner, propose-t-elle.

Elle saisit le coude de Julian et fait semblant de le guider. Ils s'éloignent sous le regard intrigué des New-Yorkais.

— À quoi tu joues ? souffle-t-elle à Julian devant les lavabos.

— Tom est célèbre dans le cinéma à Hollywood, il nous expliquera, il a peur que ce type répète à tout le monde là-bas qu'il est aveugle, il m'a demandé de l'aider à s'en débarrasser. J'ai eu cette idée mais je ne suis pas sûr que ça suffise…

— Tu crois qu'il dit la vérité ?

— J'ai confiance en lui, ce n'est pas un terroriste évadé de Guantanamo et ton client de la 6 n'est pas un agent du FBI chargé de le capturer !

Elle rit.

— Son histoire est quand même bizarre. Pourquoi l'as-tu appelé Robert ?

— C'est le premier nom qui m'est venu à l'esprit. À cause de Robert Redford, peut-être ?

Silvia embrasse la scène du regard. Tom paraît si vulnérable derrière ses Ray Ban. Les clients de la 6 ont les yeux rivés sur lui. L'homme se lève de nouveau, mais cette fois il se dirige vers eux.

— Attention, il arrive, joue ton rôle ! murmure-t-elle à Julian. Voilà monsieur, c'est juste là !

Julian entre en tâtonnant dans les toilettes pour hommes.

Silvia revient dans la salle.

En poésie un seul être vous manque et tout est dépeuplé, en cuisine un seul ingrédient vous pèse et tout est gâché. Il ne lui reste plus qu'à dégoûter les Américains pour aider Tom. Une seule solution, les écœurer.

— J'ai réfléchi à la recette que je vais inventer pour vous, leur annonce-t-elle quand l'homme revient à sa place. J'hésite entre des *penne* à l'andouillette, c'est de l'estomac de veau enfermé dans un rectum de porc, vous allez adorer… ou des raviolis aux escargots, il faut aimer l'ail et les cornes, évidemment…

Le New-Yorkais est du genre curieux et tolérant, s'il faut goûter du rectum il n'a rien contre, s'il doit mastiquer des limaces gluantes pourquoi pas, *when in Rome do as the Romans do.* Mais sa femme n'est pas taillée dans le même bois.

Elle a un mouvement de recul. Pour combattre la nausée qui monte, elle se repasse mentalement le film de la cérémonie au Kodak Theatre jusqu'au moment de la remise des oscars techniques. Meilleure photographie, meilleurs costumes, meilleurs décors…

Elle revoit le visage de l'homme qui est monté sur la scène recevoir la statuette dorée. Elle secoue la tête.

— Je ne me sens pas très bien, *love*, souffle-t-elle en tirant fébrilement son mari par la manche. Ramène-moi à l'hôtel ! Tu te trompes complètement, ce n'est pas Cooper…

Love hésite, dévisage à nouveau le barbu roux avec suspicion.

Soudain, Tom a une inspiration géniale. Il avance la main vers la table voisine, trouve sous ses doigts le paquet de Camel politiquement incorrect de Julian, y pêche une cigarette et se la fiche au coin des lèvres.

Son compatriote a un haut-le-corps. Le grand Tomas Cooper ne fume pas, et jamais il ne montrerait un si mauvais exemple en public. Il est impensable que ce soit lui.

— Je te l'avais bien dit ! murmure sa femme.

— J'espère que vous reviendrez ? demande hypocritement Silvia en les raccompagnant à la porte.

Comme des notes de musique composent une partition, tous les habitués d'*A & P* se sont unis pour voler au secours de Tom.

— Ils sont partis, enfin ! s'écrie Silvia, soulagée. Tu ne risques plus rien, Tom. Il voulait te photographier, c'est Raffaella qui m'a prévenue. Gorgonzola a essayé de lui voler son portable. Julian lui a flanqué un coup de canne. Mon père l'a soûlé. Et, à cause de toi, j'ai dégoûté sa femme de la cuisine italienne !

Tom, pâle mais rassuré, recrache sa cigarette.

— Je vous remercie tous, murmure-t-il. Je ne suis pas encore prêt. Il faudra que je m'y fasse, mais j'ai besoin de temps…

— Quelqu'un peut m'aider ? appelle Julian.

Silvia, surprise, se dirige vers les toilettes.

Elle en revient, amusée, suivie d'un Julian piteux.

— La lumière s'allume de l'extérieur ; pour jouer mon rôle d'aveugle à fond, je ne l'ai pas allumée. Mais cette idiote de targette s'est coincée quand j'ai fermé la porte et je n'arrivais plus à ouvrir, j'étais piégé dans le noir !

— C'est ma vie au quotidien, dit simplement Tom. Sauf qu'il n'y aura pas de Silvia pour me rallumer la lumière. Je ne suis pas pilote de ligne, mais le résultat est le même. Sans yeux, je me crashe tous les jours.

8.

Tom se met à raconter…

— Toute la profession s'inquiète de ma disparition. Je suis le seul chef décorateur de mon niveau sur le marché actuel !

La modestie ne l'étouffe pas, il a bataillé pour conquérir sa place, la chance n'y est pour rien, le travail a payé, il a mérité sa notoriété. Une fois son diplôme d'architecte en poche, il a obliqué vers le septième art.

Nomade comme Julian, il n'a jamais eu le temps de défaire les cartons dans sa maison de Los Angeles, il a enchaîné les films, changé d'amis et de maîtresse à chaque nouveau scénario. C'est la première fois qu'il s'arrête, fauché en plein vol. On ne bâtit pas de fausses villes, on ne construit pas de décors fantastiques, on ne crée pas d'atmosphère quand on n'y voit plus rien.

Il a grandi dans ce milieu, son père est directeur de production et sa mère scripte, eux non plus n'ont posé leurs valises nulle part. Quand Tom était enfant ils ne fêtaient pas Thanksgiving ensemble, n'allaient pas voir leur fils unique jouer au base-ball ou gagner les concours d'orthographe. Ils avaient toujours un repérage, un casting, un tournage, une postproduction. En suivant leur exemple, Tom est devenu chef décorateur comme on entre en prêtrise.

Il est le prince des décors, l'empereur des reconstitutions historiques, le roi des cités futuristes, un génie capable de tirer des plans impeccables et originaux, de créer des illusions parfaites, d'ajouter les touches indispensables aux décors d'intérieur. Il a travaillé avec Spielberg, Scorsese, Coppola, Lucas, Burton et Tarantino. Toujours entouré de la même équipe, premier et deuxième assistant, dessinateur, illustrateur, ensemblier, régisseur d'extérieurs, chef constructeur, chef menuisier, chef machino, chef peintre, accessoiriste, accessoiriste plateau, accessoiriste meubles, toupilleur, sculpteur, staffeur, chef tapissier, chef serrurier, chef électricien, rippeurs : les cent métiers différents qui épaulent le chef déco. Un homme tel que lui ne peut susciter la pitié en tâtonnant, une canne blanche à la main. Il fait désormais aussi noir dans sa vie que dans une salle de cinéma avant le début du film.

C'est pour ça qu'il a quitté Los Angeles et sa maison devant l'océan. Qu'il a rompu au téléphone avec sa *girlfriend* du moment, Ally, une actrice au chômage qui espérait qu'il lui mettrait le pied à l'étrier. Qu'il est parti sans prévenir ses amis, tous dans le cinéma forcément. Et surtout que, la rage au cœur, il a trahi son fidèle labrador Paramount.

Tout, dans la vie de Tom, a un rapport avec le cinéma. Sa maison appartenait à une société de production, il a racheté son pick-up et ses meubles après les avoir utilisés sur un tournage, il a rencontré Ally sur un casting, il a adopté son chien après l'avoir vu malmené par un salopard pour un clip publicitaire. Il a confié Paramount à un dresseur de chiens guides d'aveugles, il le récupérera dès que l'animal sera opérationnel mais il faut plusieurs mois, le labrador doit se croire abandonné.

Quitter la terre américaine lui a été un crève-cœur. Tout lui manque, la simplicité des rapports entre les gens, l'excitation inhérente à la profession où tout doit être réalisé pour hier, la confiance des réalisateurs, l'ego démesuré des acteurs, les paysages, la musique, les hot-dogs, les hamburgers.

Il a récemment travaillé sur un film censé se dérouler à Alcatraz, et il a reconstruit une partie de la prison à l'identique, tout en bois et en kit, par feuilles. Désormais enfermé entre les quatre murs de son loft parisien, il se sent aussi prisonnier que les anciens habitants de l'île au large de San Francisco.

Il distingue encore les silhouettes mais pas les visages. Il casse souvent les objets et il a des bleus partout parce qu'il se cogne aux meubles. Il ne sait plus ni lire ni écrire. Il ne voit même plus la voûte étoilée.

Le jour où il a été forcé de s'arrêter au milieu du plan qu'il dessinait a été le pire de sa vie. Il avait le projet parfait en tête mais il n'arrivait pas à le coucher sur papier. Il serrait son crayon entre ses doigts mais n'était pas sûr de ce qu'il traçait. Il avait saisi les souhaits du réalisateur avec lequel il avait déjà collaboré. Des hommes l'entouraient, dont le travail dépendait de lui, il devait donner ses directives au chef constructeur pour assembler les pièces de l'avion qui constituait le décor principal du film, indiquer à l'ensemblier quels fauteuils et quel type de cockpit il souhaitait, expliquer au régisseur extérieur dans quel endroit se déroulerait le crash, préciser les accessoires, inventer, créer, imaginer. Une terreur sans nom l'a submergé.

Il a menti à la production en prétextant des vertiges et consulté en urgence le plus grand ophtalmologue américain, un ponte qui ne lui a laissé aucun espoir. Il a multiplié les avis, les autres praticiens étaient d'accord.

Sa vision baissait tous les jours un peu plus. Un matin, il a empoigné son ordinateur portable, un Macintosh professionnel en aluminium. Il a pris le volant de son gros pick-up et conduit jusqu'à l'océan, le nez collé au pare-brise, en priant pour ne renverser personne. Et il a balancé l'ordinateur dans les vagues du bout d'un ponton avec le disque dur périphérique et les clefs USB de sauvegarde.

Pour la dernière fois, il a roulé vers Sunset Boulevard, Hollywood Boulevard, le Mann's Chinese Theatre et ses empreintes des stars, le Hollywood Walk of Fame et ses étoiles en bronze. Il est entré au hasard dans un cinéma, il a vainement tenté de suivre le film. Les spectateurs autour de lui riaient à gorge déployée, il pleurait dans le noir. Il est sorti avant la fin.

Le soir même, il a rompu son contrat et envoyé sa démission au producteur et au réalisateur sans explication. Il n'a pas eu le courage de dire au revoir aux membres de sa fidèle équipe. Il a déposé son labrador chez le dresseur. Il a demandé à un cameraman qui lui devait sa carrière de lui prêter son loft parisien en lui faisant jurer le secret. Et il a pris un avion pour venir s'enterrer vivant en France.

Loin de la chorégraphie inspirée du Gene Kelly d'*Un Américain à Paris*, il est devenu un Américain aveugle et paumé à Paris. Il se promène et découvre la ville par les quatre sens qui lui restent. Les monuments, les expos, les musées, les cinémas et les librairies n'ont plus d'intérêt pour lui. Il se laisse guider par l'ouïe et l'odorat, le toucher et le goût, il y a des quartiers musicaux et des places parfumées, des lieux rêches ou doux aux doigts et des saveurs épicées, des atmosphères, des énergies, des forces.

Depuis qu'il n'y voit plus, il a tout le temps froid et porte en permanence des cols roulés en cachemire, il en possède de toutes les couleurs, il les choisit au hasard et s'habille comme un cacatoès. Sans doute que le soleil, en s'éteignant, l'a transi.

La célébrité ne lui était pas venue d'emblée, il a travaillé longtemps pour s'imposer dans le métier et devenir incontournable.

— Quand la reconnaissance de mes pairs est arrivée et que les récompenses ont commencé à pleuvoir, j'ai cru que c'était gagné, le bonheur, que j'avais prouvé ce que je valais, que la suite de mon existence ne serait plus qu'une aventure passionnante avec une *happy end*. J'étais un imbécile, j'ai pris mes désirs pour la réalité, et ma vie pour un film !

Gorgonzola pousse un bref aboiement. Jacopo, penché à travers le passe-plat, écoute. Raffaella n'a pas perdu une miette de la conversation. Julian et Silvia ont vibré à l'unisson.

— Vous allez vous foutre de moi, dit Tom. Les gens adorent les comédies romantiques mais raffolent des films gore, des thrillers, des batailles historiques ou des combats intergalactiques. Je voulais les rendre heureux grâce à mes décors. C'est ridicule…

— Je veux les rendre heureux grâce aux livres des autres, dit Julian.

— Et moi, grâce aux pâtes, ajoute Silvia.

Tom hausse les épaules.

— Je suis désespérément optimiste. Optimiste parce que j'ai adoré le cinéma. Et désespéré parce que c'est fini. Vous connaissez cette série américaine où le docteur House balance à ses patients : « Vous êtes fichu » ? Je me le répète tous les matins devant ce crétin de miroir qui ne reflète plus rien. À quoi bon vieillir si je ne vois pas mes rides…

Raffaella saute sur l'occasion :

— Puisqu'on parle de vieillir, demain c'est mon anniversaire, j'aimerais le fêter avec vous. Je voudrais vous commander un gâteau. C'est possible ? Un *tiramisu'*, par exemple ?

Silvia blêmit.

Jacopo se fige.

Depuis la mort de Maria il y a quinze ans, aucun gâteau d'anniversaire n'a passé la porte du restaurant.

Certains mots sont apparus dans le langage français courant, on parle de saladerie, de sandwicherie. *Amore & Pasta* est clairement une spaghetterie. Après les pâtes, Jacopo propose chaque soir un dessert différent. Mais il ne fait plus de *tiramisu'*. Surtout pas de *tiramisu'* avec une décoration de fruits confits.

9.

Raffaella est une authentique grande dame qui ne supporterait pas que sa gouvernante vide sa corbeille intime de salle de bains. Rome est peuplée de chauffeurs de taxi qu'elle traite comme Ayrton Senna qu'elle a bien connu. Et de putes qu'elle salue comme si elles étaient Julia Roberts jouant dans *Pretty Woman* ; d'ailleurs, quand Julia tourne en Italie, elle dîne chez Raffaella…

Elle est entrée par hasard à *A & P* le jour de son arrivée à Paris il y a huit jours et elle y est retournée tous les soirs. Samedi et dimanche, jours de fermeture, elle s'est rabattue sur le chinois d'à côté.

Chaque fois, elle s'avance d'abord vers le passe-plat et salue Jacopo avec civilité. Jacopo, les mains pleines de tomate, lui répond par un digne signe de tête. Elle tend ensuite la main à Silvia, puis à Julian, elle dit poliment bonsoir à Tom, elle caresse Gorgonzola. Puis elle souhaite bon appétit aux autres clients comme s'ils étaient tous les invités d'un même hôte.

Son visage est aristocratique, son expression aimable et distante, son élégance innée, ses ensembles de lin sont froissés juste ce qu'il faut, ses cheveux blancs ramenés sur sa nuque en un chignon retenu par un filet, elle porte une discrète chevalière en or avec les armoiries de sa famille, et ce nom si illustre. Ses lunettes dansent au bout du ruban en velours noir.

Elle leur reparle de Flavio, son amour de jeunesse. Elle a bravé sa famille pour suivre cet artiste séduisant et sans le sou, mais ses parents l'ont recherchée et ramenée de force au bercail. Le père de Raffaella a proposé beaucoup d'argent à Flavio pour l'éloigner de sa fille. Le sculpteur, qui était sincèrement fou d'elle, a refusé et quitté Rome pour s'installer à Paris.

Dans un roman, Raffaella l'aurait suivi contre vents et marées. Dans la vie, elle n'a pas osé braver l'interdiction de son père, patriarche aussi magnifique et tyrannique que le Burt Lancaster du *Guépard* de Visconti.

Depuis cinquante ans, Flavio envoie régulièrement à Raffaella une invitation pour ses expositions parisiennes. Depuis cinquante ans, Raffaella lui fait livrer des orchidées à chaque vernissage. Mais ils ne se sont jamais ni revus ni parlé.

Raffaella a tenu son rang dans la haute société romaine en repoussant les demandes en mariage des meilleurs partis, elle a acquis une réputation de jolie femme fortunée, indépendante, cultivée et brillante.

Quand son père s'est éteint, elle a rêvé d'aller retrouver Flavio. Mais elle s'est regardée dans la glace et elle a décidé que non. Elle était encore très belle, tout le monde s'accordait à dire qu'elle avait été sublime, mais l'âge était là, installé, conquérant, avec les rides, les affaissements, les fatigues, les compromissions, les défaites. Décevoir Flavio n'aurait abouti qu'à le perdre à nouveau, elle ne l'aurait pas supporté.

Grâce aux bolides de la marque familiale, elle est une mécène reconnue dans le monde de l'art, née du bon côté de la carrosserie, plus près des limousines que des camionnettes de livraison. L'entreprise est gérée par un consortium, son rôle y est purement honorifique, mais c'est elle qui dirige la fondation. Parce qu'elle n'a pas pu aider Flavio autrefois, elle épaule à présent des peintres et des sculpteurs, c'est sa façon de le rejoindre.

— Je connaissais Londres, Barcelone, Istanbul, Lisbonne, Berlin, Tel-Aviv, New York, Rio ou Tokyo… mais *Parigi* sera toujours *Parigi* ! Je voulais revoir Flavio avant d'être trop vieille. J'ai tenu à habiter dans le même arrondissement que lui.

À Rome, elle vit en plein centre historique, *piazza di Spagna*, dans un quartier élégant. L'appartement de Flavio se situe dans une rue populaire adjacente à *A & P.* Le Ritz, le Crillon, le George V sont à l'autre bout de Paris. Dans la chambre de l'hôtel modeste où Raffaella est descendue, il n'y a même pas de lavabo, la douche et les toilettes sont situées au bout du couloir, elle les partage avec des familles africaines souriantes et des voyageurs de commerce gris de fatigue.

Elle se sent bien, dans cet hôtel. De sa fenêtre, elle aperçoit l'immeuble où demeure Flavio. Depuis son arrivée, elle passe ses journées assise sur un banc devant sa porte cochère. Lire son nom sur l'interphone lui met du baume au cœur.

Raffaella se tourne vers Silvia et poursuit :

— Le *tiramisu'* est mon gâteau préféré. Ma cuisinière soutient que le café dans lequel on trempe les biscuits à la cuillère doit être tiède, s'il est chaud ils se cassent, s'il est froid ils absorbent moins. Certains ajoutent de l'alcool, il y a les partisans du Marsala, du whisky, du rhum, du cognac. Vous le faites comment, ici ?

Silvia lance un regard affolé à Jacopo qui, pétrifié, ne lui est d'aucun secours.

Raffaella se méprend sur les raisons du silence de la jeune femme.

— Bien sûr, les cuisiniers préfèrent garder leurs secrets, ma question est idiote !

Silvia avale sa salive avec difficulté.

— Il y a un problème ? demande Raffaella.

Silvia secoue la tête, l'air stupide.

— Donc, c'est possible ?

Silvia voudrait répondre que ce n'est pas envisageable mais les mots ne sortent pas.

— Vous préférez un autre gâteau ? insiste Raffaella sans comprendre ce qui cloche.

Silvia a l'impression qu'un abîme s'ouvre sous ses pieds.

— Vous aurez votre *tiramisu'*, prononce Jacopo d'une voix éraillée en avançant la tête à travers le passe-plat.

Quatre mots après des années de silence en public. Tout le monde se tourne vers lui. Silvia est la seule, dans la salle, à connaître le timbre de la voix de son père. Il communique avec tous les autres, comme

Armando le valet de Zorro, par gestes. Julian est bouche bée. Tom fronce les sourcils. Raffaella ouvre de grands yeux.

— Vous n'êtes pas muet ? s'écrie-t-elle, stupéfaite.

Jacopo fait non de la tête.

— Pourquoi vous ne parlez jamais ?

Jacopo sourit d'un air gêné et disparaît à nouveau dans sa cuisine où il s'affaire à préparer les *bigoli*.

Raffaella dévisage Silvia, qui acquiesce comme un automate.

— Vous l'aurez, puisque mon père est d'accord, balbutie-t-elle.

— Pourquoi tu nous as laissé croire que ton père était muet, Silvia ? intervient Julian, très surpris.

— Je n'ai jamais prétendu une chose pareille, se défend Silvia.

— J'aimerais aussi des bougies, précise Raffaella. J'aurai soixante-quinze ans, sept grandes et cinq petites feront l'affaire.

— Je m'en occuperai, promet Silvia d'une voix sourde.

10.

— Vous ne faites pas votre âge, Raffaella, affirme Tom avec galanterie.

Raffaella le remercie par réflexe, puis se souvient que le compliment ne vaut rien puisqu'il ne la voit pas. Elle laisse échapper un petit rire.

— Je serai incapable de souffler vos bougies mais je vous aiderai à manger votre gâteau, ajoute l'Américain. Et je vous remercie tous de m'avoir sauvé la mise tout à l'heure.

— Tu peux, renchérit Julian. Je suis resté enfermé dans ces toilettes pendant un siècle.

— J'ai une idée, s'écrie soudain Tom. Si on transformait cette salle de restaurant en décor de film ? Ça te ferait plaisir, Silvia ?

Les autres échangent des regards gênés.

— Ne me prenez pas pour un idiot, je sais ce que vous pensez, grogne-t-il. Je suis handicapé, pas incapable. Vous n'êtes pas plus intelligents que moi, vous avez juste chacun une paire d'yeux en plus, que vous allez me prêter. Tu aimerais que le résultat ressemble à quoi ? Tout est possible. Ta salle peut devenir la fontaine de Trévi de *La Dolce Vita*, la salle de réfectoire du Poudlard de *Harry Potter*, le poste de pilotage d'un vaisseau de *La Guerre des étoiles*. Tu n'as qu'à choisir !

Il a un large sourire et cela le change. Ils le voient pour la première fois tel qu'il était auparavant, heureux et enthousiaste. Il n'est pas stupide, il sait qu'il ne sera pas question d'accrocher des bougies virtuelles dans le ciel d'*Amore & Pasta*, ni d'y faire voler des vaisseaux interstellaires. Mais c'est la magie du cinéma de suggérer beaucoup avec peu.

Il n'est plus le grand Tomas Cooper, il n'est que Tom l'Américain à la canne blanche. Mais pour les remercier il redeviendra l'autre pour la dernière fois, le type qui crée un univers avec trois bouts de ficelle, du carton et du bois, un visionnaire. Un visionnaire aveugle.

— Mon expérience remplacera mes yeux, poursuit-il avec feu. Je vais essayer, qui ne risque rien n'a rien !

S'il y arrive, cela vaudra la peine de continuer à vivre. Dans le cas contraire, il avisera.

Rien n'a changé depuis les dix ans de Silvia. Les peintures ont été refaites à l'identique, les rideaux et les nappes lavés, l'ensemble est gai et pimpant. Comme dans une location meublée, Jacopo et Silvia vivent dans les meubles de Maria. Elle avait choisi ces nappes aux couleurs du drapeau italien, opté pour cette vaisselle verte. Silvia s'est bornée à ajouter le gros cœur rouge de la devanture.

Elle aime la salle ainsi, franchement. Elle n'ose pas l'avouer à Tom, qui est persuadé de lui faire plaisir.

Son cadeau est mal approprié, mais au moins il ne délire pas comme Gena Meyer.

— Le nom du restaurant commence par *Amore*, remarque Tom. Pourquoi ne pas recréer le décor d'un grand film d'amour culte ?

Silvia se remémore ceux qui ont marqué le cinéma. De *Cléopâtre* à *Roméo et Juliette*, de *La Strada* à *Love Story*, de *Autant en emporte le vent* à *Titanic*, ils finissent tous mal.

Dans la cuisine, elle questionne son père à voix basse :

— Mais enfin, pourquoi as-tu accepté de faire ce *tiramisu'* ?

Sa voix s'étrangle. Jacopo murmure, sans lever les yeux de l'ail qu'il est en train d'éplucher :

— Elle est italienne. Elle est venue à Paris par amour. Comme moi.

Silvia soupire. Ses parents sont venus à Paris en voyage de noces et ils ont décidé d'y rester. Comme ils ne possédaient rien en Italie, ils n'avaient rien à perdre. Ils ont travaillé pendant des années dans un restaurant où on les exploitait, économisant sou par sou pour un jour posséder leur propre affaire. Puis ce jour est arrivé, mais Maria n'en a pas profité longtemps.

— J'achèterai les bougies, dit-elle.

11.

Dans la salle, Julian change de sujet pour alléger l'atmosphère.

— Je vous ai parlé de ce superbe roman néo-zélandais ignoré par les libraires et boudé par les lecteurs ? J'ai reçu une lettre de son auteur ce matin, il a répondu à mon questionnaire, j'ai envie de découvrir ses réponses avec vous. J'ai le temps d'aller la chercher avant que nos pâtes arrivent, Silvia ?

— Tu as cinq minutes.

— Trois pour monter les étages, deux pour les redescendre, je me dépêche !

Il se lève en repoussant sa chaise, sort du restaurant, traverse la rue, entre dans la cour, disparaît dans l'escalier A.

Silvia dépose une assiette odorante devant Tom. Il plante sa fourchette dans les *bigoli* au jugé, embroche quelque chose, goûte. Et s'exclame :

— Ces pâtes sont la preuve que Dieu existe ! Avec, bien sûr, les oscars, les seins des femmes, et le dollar…

Il a eu trois oscars, de nombreuses femmes et encore plus de billets verts gravés de la devise *In God we trust.*

Gorgonzola grogne dans son sommeil sous sa table favorite. Silvia conserve l'assiette de Julian au chaud, le temps qu'il revienne.

Jacopo coupe les parts de tarte à la ricotta et les dispose sur un plat. Puis il émerge de sa cuisine en tenant une enveloppe brune adressée au Trésor public. Il l'agite en silence devant sa fille. Il a oublié de poster le chèque des impôts, heureusement qu'il est tombé dessus, ils auraient été fichus de lui coller une pénalité.

Il se dirige vers la porte.

Julian ralentit, haletant, sur le palier du cinquième. Il a grimpé l'escalier trop vite. Il gravit le dernier étage plus lentement, glisse sa clef dans la serrure, entre. La fenêtre de son studio est restée ouverte.

Au même instant, sa voisine d'en face sort de son appartement. Et cela crée un appel d'air…

Il est 21 heures à la pendule publicitaire des pâtes De Cecco qui avance de quelques minutes.

La boîte aux lettres jaune est située sur le trottoir en face d'*Amore & Pasta.* Jacopo traverse la rue, l'enveloppe brune à la main.

Au moment où Silvia sort de la cuisine avec un assortiment de fromages italiens pour Raffaella, elle entend le moteur d'une voiture vrombir. Et elle a un horrible pressentiment…

12.

Le courant d'air fait s'envoler les papiers posés sur le bureau du studio de Julian.

Dans ce monde où Internet, les mails, les SMS ou les téléphones satellites permettent de communiquer en temps réel d'un bout à l'autre de la planète, Julian a choisi d'écrire à l'ancienne, avec un stylo, sur du papier qu'il a glissé dans une enveloppe envoyée au romancier à l'adresse de son éditeur. Et l'auteur a décidé de répondre par la même voie. Si la lettre de Nouvelle-Zélande s'envole et atterrit sur les toits, elle sera irrémédiablement perdue.

Julian bondit vers la fenêtre, s'appuie contre la balustrade de fer forgé, se penche pour saisir l'enveloppe qui danse dans la brise d'été…

Il s'est à peine appuyé sur la rambarde, vraiment. Elle n'attendait que cette excuse pour se desceller.

Il tombe, pas comme une pierre, l'expression est incorrecte, plutôt comme ces feuilles qui se transforment en chats sur le sol dans ces aquarelles d'Hugo

Pratt représentant Corto Maltese sous un arbre en automne.

Julian tombe avec nonchalance et détermination, parce qu'il faut bien tomber, parce que c'est inéluctable. Il n'a pas le temps d'avoir peur, il est trop jeune pour songer à la mort, à son âge on est indestructible.

Dans les films, il y a toujours une piscine où le cascadeur atterrit, et le héros ressort indemne de sa chute du haut du gratte-ciel. Mais il n'y a pas de piscine dans les cours des immeubles parisiens des quartiers populaires.

Le sol se rapproche, le vent siffle dans ses cheveux, et Julian comprend tout en un éclair. Il saisit la finalité des choses, la brutalité imbibée de son père, la lâcheté de sa mère, la beauté fabuleuse des livres et l'incroyable perfection des courbes de Silvia.

Le sol est tout près à présent…

La voiture, une petite Fiat, est rouge. Les assureurs prétendent que les chauffeurs des véhicules de cette couleur conduisent plus dangereusement.

Jacopo traverse le nez en l'air, l'enveloppe des impôts à la main, l'esprit ailleurs.

Silvia le voit distinctement à travers la vitrine du restaurant. Elle lâche l'assiette de fromages qui se casse en tombant, le *provolone*, le *mascarpone*, le *pecorino* au piment et la *scamorza* fumée roulent sur le sol. Gorgonzola se précipite.

Silvia bondit dehors.

En trois enjambées, elle parvient au milieu de la rue. D'une bourrade magistrale, elle propulse son père sur le trottoir d'en face où il s'étale en s'écorchant les mains et les coudes, et elle fait un drôle de petit saut de côté en se cambrant, tel un torero évitant les cornes d'un taureau furieux.

La calandre rouge passe à quelques centimètres de sa chair. Le chauffeur de la Fiat, occupé à reprogrammer son GPS, n'a rien remarqué.

Du coin de l'œil, à l'instant précis où elle écarte son père du chemin de la voiture, Silvia voit une forme tomber dans la cour de l'immeuble en face d'*Amore & Pasta.*

Surtout, elle entend le bruit, sourd, mat, presque mouillé, d'une masse s'écrasant sur les pavés. Et elle sait aussitôt, avec une terreur qui ne fera que croître. Avant même d'entendre le cri de la concierge qui surgit de sa loge, avant que les appels au secours en portugais parviennent à son cerveau pétrifié, elle devine.

Tout de suite, elle repense à Gena, au choix infernal que la psychanalyste lui a présenté comme un cadeau. Tout de suite aussi, elle se sent coupable.

Jacopo se relève, tremblant, les paumes meurtries et déchirées. Le père et la fille se précipitent vers la cour.

Julian est là, le cou tourné selon un angle bizarre, un œil ouvert et fixe, l'autre clos. Il y a du sang rouge qui coule de son crâne et se répand. Il y a des feuilles blanches éparpillées autour de lui ainsi qu'un morceau de fer forgé brisé et rouillé. Une de ses jambes, tordue, est cassée, mais il ne souffre pas. Il ne souffrira plus. Il ne partira pas à Venise. Il ne touchera plus jamais le ciel du bout de son stylo.

Il se réjouissait de goûter les *bigoli*. Il voulait rendre les gens heureux grâce aux livres. Il a empêché Tom d'être démasqué. Silvia et lui se sont caressés et étreints.

C'est fini.

Jacopo soutient Silvia qui vacille et balbutie :

— Je ne l'ai pas écoutée... Je l'ai crue cinglée... Il était vraiment en danger... Je n'ai choisi personne... Ça ne peut pas se terminer comme ça... ?

L'espace d'une horrible seconde, elle regrette de n'avoir pas choisi de sauver Julian plutôt que son père. Elle s'en veut aussitôt, mais c'est fait, le ver est dans le fruit, et c'est l'enfer sur terre.

Tom, devant le restaurant, agite sa canne télescopique en direction des silhouettes floues qui se meuvent de l'autre côté de la rue.

— Il y a eu un accident ? *Who's hurt ?* Qui est blessé ?

Raffaella se hâte vers lui et le prend par le coude pour l'empêcher de traverser.

À ce moment précis, Gena Meyer tourne le coin. Silvia l'aperçoit, échappe aux mains de son père, court vers la psychanalyste et l'agrippe.

— Je n'ai choisi personne, il y a une erreur ! Je vous en prie, faites quelque chose !

Elle croit à présent Gena de toutes ses forces, de toute son âme, de toute sa peau. Elle ne veut pas savoir comment c'est possible, ni même pourquoi. Elle veut juste que cela s'arrête. Que ce ne soit pas vrai. Que Julian traverse la rue avec son sourire contagieux. Qu'il balance sa canne dans les jambes de tous les clients du restaurant. Qu'il se moque de son accent quand elle parle anglais. Qu'il fredonne *God save Silvia*. Que la France et l'Angleterre ne soient plus séparées par la Manche, que leurs deux corps ne forment plus que ce pays affolant de douceur qui est leur territoire.

— Vous regrettez votre choix ? demande calmement Gena.

— Je n'ai rien choisi ! C'est inhumain, enfin, comment pouvez-vous…

Silvia titube, ses jambes flageolent, elle a la tête qui tourne.

— Pourquoi vous nous faites ça ? gémit-elle. Les psychanalystes sont censés aider les gens à vivre… pas à mourir !

— Je vous ai offert la possibilité de sauver celui que vous aimez le plus, Silvia.

— Mais c'est du chantage, ça n'a rien d'un cadeau, et puis c'est totalement délirant, vous êtes médecin donc rationnelle, et vous prétendez connaître l'avenir et le changer ? C'est impossible !

Nul ne prête attention à elles, tout le monde a les yeux rivés sur le corps disloqué.

Gena soupire.

— Mon métier est d'aider les gens à survivre, à rebondir. Vous avez entendu parler de la résilience ? Vous m'avez sauvée. Je sauve la vie d'un de vos proches. Je ne tue personne, Silvia. C'est précisément le contraire. Vous comprenez ? Ce soir Julian est mort, mais vous avez sauvé la vie de votre père !

Quelqu'un a dû composer le 18. Un camion rouge débouche à l'autre bout de la rue, gyrophares allumés et sirènes hurlantes. Des pompiers en sautent et se hâtent vers le corps à terre.

— Je l'ai vu tomber, hulule la concierge. Je regardais en haut, je cherchais mon chat qui se promène sur les toits. J'ai vu des papiers s'envoler par la fenêtre, M. Julian a voulu les rattraper, il s'est penché, la balustrade a cédé… je l'ai dit mille fois au propriétaire, que c'était dangereux, qu'elle était rouillée, qu'il fallait la réparer. Et voilà, voilà…

Elle se tord les mains, secouée de sanglots.

Sur le sol, il y a une enveloppe, la lettre de Wellington. Silvia la ramasse.

Le plus âgé des pompiers, leur chef sans doute, lève la tête et repère la fenêtre ouverte avec le morceau de rambarde qui pend dans le vide.

— Six étages, ça ne pardonne pas ! dit-il avec fatalisme. Quatre, encore, je ne dis pas, mais six… c'était flambé d'avance.

13.

On a ramené Silvia dans sa chambre de jeune fille au-dessus du restaurant. Elle est allongée sur son petit lit à une place, sous une couette fleurie.

Gena tient une seringue à la main. Elle aspire le contenu d'une ampoule remplie de liquide jaune, puis s'approche…

— C'est du Valium, ça va vous aider à dormir.

Silvia se laisse piquer, hébétée. Le liquide est gras, cela brûle un peu.

Gena la considère avec compassion. Le liquide jaune cavale dans les veines de Silvia, remplit aussitôt son office.

Les images se mêlent, se distordent, deviennent grotesques, reflétées par mille miroirs déformants. Jacopo traverse la rue, Julian tombe par la fenêtre, le Valium huileux couleur pipi de chat se répand dans le corps de la jeune femme.

Silvia attrape le bras de Gena et demande d'une voix rauque :

— Qui décide ? Qui est en haut de la pyramide ? Vous avez entendu des voix ? Dieu vous a parlé ?

Elle est consciente de l'absurdité de ses paroles, cependant elle les prononce, ses origines italiennes jouent sans doute. Elle a cru Gena cinglée et voilà que les menaces de la psychanalyste se sont réalisées. C'est une histoire de fous, toutefois le temps est venu d'admettre l'impossible. En bonne cartésienne, elle sait que les fantômes n'existent pas, que le paranormal, le fantastique, le New Age ne sont que des béquilles destinées à rassurer les esprits faibles, et que si Dieu existe il ne s'adresse pas aux humains. On s'étouffe avec un fruit confit, on meurt et c'est fini, on dégage, on passe son tour. Mais ce soir, elle est prête à admettre tout ce qu'on voudra.

De par sa formation scientifique, Gena Meyer ne devrait pas croire aux fadaises. Pourtant c'est elle qui l'a prévenue, elle qui lui a posé ce terrible ultimatum. Le sang de Julian sur les pavés de la cour était du vrai sang, pas du liquide rouge de cinéma. Son corps désarticulé n'était pas celui d'un mannequin. Aucun cascadeur ne l'a remplacé dans sa chute. Personne n'a crié : *Coupez !* à la fin de la prise de vues. Julian ne s'est pas relevé. Julian ne se relèvera plus.

— Qui vous a annoncé que ce drame allait se produire ? insiste Silvia, affolée. Comment l'avez-vous appris ?

Elle s'interrompt, larguée, tout ça est dingue. Gena est démente, Silvia ne devrait pas adhérer à son délire. Mais Julian est vraiment mort comme elle l'avait prédit.

La psychanalyste la considère, impassible.

— Je ne peux ni répondre à vos questions ni décider pour vous. Seulement vous confirmer que vous aviez le choix. Vous vous souvenez ? *Qui mourra, qui vivra.* La balle était dans votre camp.

— C'est n'importe quoi ! bredouille Silvia. On ne fait pas du trafic de vies comme du trafic d'organes !

Elle se débat contre le Valium qui brouille ses pensées.

— Vous êtes trop jeune pour avoir connu l'époque où les chèques n'étaient pas barrés, dit Gena. Si vous regardez attentivement votre chéquier, vous y verrez deux petites barres diagonales. Il y a trente ans, elles n'y figuraient pas et un chèque était transmissible de personne à personne, comme un billet. On pouvait l'endosser au profit de quelqu'un d'autre que son bénéficiaire. Par exemple, si un de vos clients établissait un chèque à votre nom, vous pouviez écrire au verso : « Payer à l'ordre de Gena Meyer » et signer, de cette manière vous renonciez à votre droit de l'encaisser. Et je pouvais à mon tour le transmettre à quelqu'un d'autre.

Ce soir l'argent est le cadet des soucis de Silvia ; l'homme qu'elle aimait est mort, elle ne comprend rien à ce charabia.

— C'était vrai pour les chèques, reprend Gena. C'est pareil avec les vies, Silvia. J'ai sauvé des patients qui voulaient se suicider, je les ai empêchés d'avaler des somnifères, de se jeter sous le métro ou de sauter par la fenêtre. J'ai obtenu des vies en échange. Vous m'avez sauvée, je vous remercie en vous donnant une de ces vies et je vous laisse le soin d'inscrire le nom du bénéficiaire. Ça n'a rien de paranormal, d'extraordinaire ou de fantastique. Au contraire, c'est concret et pertinent. Mon métier est de travailler sur l'inconscient en suivant une logique. C'est un métier concret et pertinent.

Silvia est shootée au Valium. Le raisonnement de Gena lui semble tortueux, bancal, aussi absurde que le syllogisme « Tout ce qui est rare est cher, or un cheval bon marché est rare, donc un cheval bon marché est cher », mais elle n'arrive pas à le réfuter.

— Vous êtes vraiment psychanalyste ? fait-elle, dépassée.

— Oui, dit Gena, j'ai rencontré Freud très tôt sur mon chemin et je voulais être au cœur des choses, dans l'essentiel. J'aide mes patients qui souffrent, même si parfois leur souffrance les structure. La vie est injuste, Silvia, mais nous pouvons réagir face aux obstacles. Vous avez refusé de choisir, le sort a tranché pour vous de manière aléatoire.

Silvia se débat, terrifiée. La situation est aberrante.

— Je n'aurais jamais dû vous sauver ! crache-t-elle avec rage.

Gena ne s'en offusque pas.

— L'existence humaine est une succession de choix, dit-elle calmement. Il faut choisir ce qui nous fait le moins souffrir.

Silvia enfonce ses mains dans ses poches. Ses doigts rencontrent l'enveloppe froissée postée à Wellington. Elle l'aplatit, déchire le rabat, déplie la feuille de papier, lit les premières réponses du Néo-Zélandais.

À la première question : *Votre plus beau souvenir ?* L'écrivain a répondu : Le jour où j'ai reçu votre lettre.

Un sanglot monte de la gorge de Silvia. Elle était persuadée que son père et Julian avaient la vie devant eux. Elle croyait dur comme fer que Gena délirait.

Terrassée, elle ferme les yeux. Julian est mort par sa faute. Elle l'a tué. Elle voudrait le rejoindre.

14.

Quand elle rouvre les yeux, elle est toujours dans son petit lit. Le fauteuil bleu, la commode, la porte et la fenêtre sont à la même place. Mais certains détails diffèrent, comme dans ces jeux où il faut déceler sept erreurs entre deux dessins apparemment semblables…

La couette n'est plus fleurie mais d'un bleu uni. Le vase sur la commode n'est plus carré mais rond. Le panier en osier de Gorgonzola a disparu. Quelqu'un serait entré dans la pièce pendant son sommeil ?

Brusquement, Silvia se souvient et le choc la cueille au creux de l'estomac. Julian, la fenêtre, le sang, les pompiers, le terrible chantage formulé par Gena et présenté comme un cadeau. Silvia se plie en deux, respire, attend que la vague de douleur s'estompe. Plus jamais Julian.

Gena Meyer est partie, elle a dû rentrer chez elle. Jacopo la remplace dans le fauteuil bleu. Il s'est endormi en lisant, son journal a glissé à ses pieds. Il paraît épuisé. Ses cheveux sont beaucoup plus blancs que gris, sans doute un effet d'optique dû à l'éclairage, et sa moustache tombe tristement.

Silvia cherche en vain l'heure ; où est passé le réveil de sa table de chevet ?

Elle se lève, ne retrouve pas ses chaussures, avance, pieds nus, vers la fenêtre. Les pompiers sont sûrement partis depuis longtemps. La concierge de l'immeuble d'en face a dû laver la cour et le sang à grande eau. Où a-t-on emporté le corps de Julian ? Faut-il prévenir ses parents, le hooligan violent du pub de la banlieue de Londres et sa femme qui le laissait brutaliser son fils ?

Dans la vitre, Silvia aperçoit avec effroi le reflet d'une femme maigre et échevelée au regard méchant. Elle se retourne pour regarder qui est cette folle derrière elle, mais il n'y a personne.

Intriguée, elle pivote à nouveau vers la vitre. Elle agite les mains devant ses yeux. La sorcière d'en face fait le même geste. Silvia déglutit avec peine. Une flamme mauvaise brille dans le regard de cette femme qui lui ressemble étrangement. Ses ongles sont rongés jusqu'au sang. Des plis amers soulignent sa bouche. Son corps est tordu et desséché. Elle porte un pyjama blanc.

Silvia s'arrache au reflet, examine sa tenue. Elle n'a jamais choisi, ni acheté ni enfilé ce vêtement, elle en mettrait sa main au feu. Elle est jeune, la femme dans la vitre est vieille. Elle n'est pas grosse mais pas mince pour autant, la femme du reflet est carrément décharnée.

Elle a l'impression de chuter dans un trou noir. Heureusement son père est là, il va l'aider, l'arracher à ce rêve dément.

Silvia pose doucement la main sur le bras de l'homme endormi. Jacopo se réveille en sursaut et aussitôt il lève les paumes en un geste instinctif pour se protéger.

— Ne t'énerve pas ! s'écrie-t-il.

Ses paupières sont bordées de rouge, le blanc de son œil est jaune, ses mains tremblent, ses traits sont creusés, sa bouche aspirée vers l'intérieur. Il a l'air d'un vieillard pathétique. Et il n'y a plus aucun fil gris dans ses cheveux.

Silvia est stupéfaite.

— Qu'est-ce qui se passe ? gémit-elle.

Il la considère avec méfiance comme si ses paroles cachaient un piège. Elle inspire à fond, pose la question qui lui brûle les lèvres :

— Papa, où est Julian ?

Son père écarquille les yeux, affolé.

— Tu sais bien qu'il est mort depuis vingt ans, dit-il d'un ton craintif.

Silvia fronce les sourcils.

— Quoi ? Mais qu'est-ce que tu racontes ? C'est impossible ! s'écrie-t-elle avec une brutalité qui ne lui est guère coutumière.

Jacopo évite son regard et bredouille :

— C'était en 2008 ou en 2009, je confonds toujours…

— Qu'est-ce que tu dis ?

— Avant 2010, j'en suis persuadé !

— Attends… C'est complètement fou…

Silvia a envie de hurler. Elle ramasse fébrilement le journal de son père, regarde la date. Les yeux lui sortent de la tête.

Elle se concentre, relit plusieurs fois pour être certaine qu'elle ne se trompe pas. Il n'y a pas de doute, le journal ne date pas de 2008, mais de 2028.

C'est inconcevable. Cela ne peut pas être. Silvia est jeune. Jacopo n'a que soixante-neuf ans. On est en 2008.

— Papa ? Mais… qu'est-ce que tu fais ?

— J'ai besoin d'un remontant, balbutie Jacopo en se levant avec difficulté et en se dirigeant vers l'armoire.

Ce n'est plus la bouteille de grappa de jadis, mais une autre, pansue, rebondie. Il la porte à sa bouche en un geste qu'elle devine familier, en avale une petite gorgée. Il boit peu à présent, à cause de son âge, mais il a fait fort durant la décennie précédente.

— Je survis, dit-il. Je ne flanche pas. Je ne suis pas un déserteur. Je survis.

Silvia serre les dents, crispe les poings, tous les muscles de son corps se contractent. Vingt années ne peuvent pas s'être écoulées sans qu'elle s'en souvienne, tout de même ? Vingt ans envolés, gâchés, volatilisés, irrémédiablement perdus ?

Elle examine sa main gauche, pas d'alliance. Elle inspecte la pièce, pas de jouets d'enfants, pas de photos encadrées. Elle n'a plus vingt-cinq ans mais quarante-cinq et elle en fait largement dix de plus. Elle est si légère qu'elle sent à peine son corps bouger. Jacopo semble la craindre, elle pressent qu'elle le rudoie pour lui faire payer le fait d'être encore vivant, et qu'il s'est consolé avec la grappa.

Julian, lui, a trente ans pour l'éternité.

Elle se mord la lèvre inférieure pour contenir cette violence qu'elle sent monter en elle et qui l'effraie. Quand elle était adolescente et que Jacopo noyait son chagrin dans l'alcool, il n'était jamais brutal ni agressif, il se détruisait juste à petit feu, à grandes lampées silencieuses, avec une résignation douce. Silvia aurait pu devenir alcoolique elle aussi, mais au lieu de ça elle s'enivre de colère.

— Papa, est-ce que je vis seule ? demande-t-elle en s'efforçant d'adoucir sa voix, qui sort rauque et rude.

Jacopo la regarde d'un air égaré.

— Je ne comprends pas… tu t'es disputée avec Tom ?

Tom ? Elle se souvient, brusquement.

Tom vit avec elle. Enfin, ils dorment ensemble. Elle s'observe, cherche sur sa peau le souvenir de la tendresse. Elle se doute qu'ils ne font pas l'amour mais qu'ils s'étreignent sans joie, sans fulgurances, sans rires, avec application et une sorte de lucidité désespérée. *Il faut bien que le corps exulte*, chantait Jacques Brel. Il ne s'agit que de cela.

Elle n'est pas son type mais il ne la voit pas. Il n'est pas son type mais elle ne le regarde pas. Ils pleurent de concert l'absence de Julian en se serrant l'un contre l'autre.

Elle dévale les escaliers, son corps pèse si peu qu'elle se sent lasse et rouillée. Elle fait irruption dans la salle du restaurant…

Tom est assis devant la table 4, dans la pénombre. Il a toujours ses lunettes noires, sa barbe rousse et un col roulé en cachemire, celui d'aujourd'hui est framboise. Il se tient là, bras ballants, aussi immobile que les meubles qui l'entourent. Sa canne blanche est accrochée au dossier de sa chaise. Lui n'a absolument pas changé en vingt ans. Le temps s'est arrêté lorsqu'il a balancé son ordinateur dans l'océan, le clap de fin a retenti, les années n'ont plus de prise sur lui.

Le gros cœur rouge dans la devanture a disparu.

Silvia attrape un menu sur une table, découvre qu'*Amore & Pasta* s'est changé en *Pizza & Pasta.* L'amour a déserté les lieux, les couples ont cessé de venir. La table 3, l'ancienne table de Julian, est devenue une desserte. Il n'y a plus personne sous la table 1.

— Où est Gorgonzola ? demande-t-elle, même si elle connaît déjà la réponse.

Tom esquisse une grimace.

— Tu veux que je te réponde qu'il gambade au paradis des chiens avec mon Paramount ? Que je te confirme que les animaux ont une âme ? Le paradis n'existe pas et l'enfer est sur terre, on est bien placés pour le savoir, non ?

Son ton est âpre. Silvia s'approche, lui prend la main, elle a besoin de sentir sa chaleur, de le toucher. Il tressaille, ses doigts sont glacés. Pourtant il ne retire pas sa main. Ils sont enchaînés l'un à l'autre, tels des galériens. Elle sait, elle sent qu'ils survivent malgré eux en s'écorchant et en se déchirant.

Peu à peu, elle se souvient de certaines choses, par bribes. Tom n'est jamais retourné aux États-Unis. Ses parents sont seuls à savoir qu'il est toujours vivant. Le bruit a couru à Hollywood que le grand Tom Cooper avait perdu en jouant à la roulette russe, on a pleuré dans les chaumières et bu du champagne à sa mémoire, puis son trou dans l'eau s'est refermé, c'est le métier qui veut ça, Lumière, Moteur, Action, on passe au prochain film. Sa photo a figuré parmi les disparus de l'année lors de la cérémonie des oscars suivante. Les gens de son équipe évoquent encore sa mémoire avec émotion.

Tom a épousé Silvia pour pouvoir rester en France, ses parents n'ont pas pu venir, ils étaient en plein tournage. Il a vendu sa maison de Los Angeles, ses meubles, son matériel hi-fi, son gros pick-up. Il a racheté le loft parisien au cameraman. Il s'y est installé avec Silvia, mais elle se repose au-dessus du restaurant pendant la journée.

Il reste assis dans la salle du matin au soir, sans bouger. Jacopo cuisine et s'enivre, sans parler ni sourire. Silvia se morfond, sans pleurer.

À leur façon, ils sont aussi morts que Julian. Ou que Gorgonzola, qui a été incinéré et dont elle a immergé les cendres dans la Seine avec son téléphone jouet en le lestant d'une pierre pour l'empêcher de flotter. Ou que Paramount, qui a échappé à la vigilance du dresseur pour chiens d'aveugles et qui a disparu un jour pour partir à la recherche de son maître. Tom a eu beau lancer des avis de recherche dans les journaux américains, avec forte récompense à l'appui, on n'a jamais retrouvé le labrador.

En partant, Julian a emporté la chaleur et la lumière. Silvia, Jacopo et Tom ne sont même pas tristes, seulement éteints. Ils ne se sont pas suicidés, ils sont devenus des fantômes, des humains brûlés, consumés, désamorcés. À la bibliothèque sonore, Pierre a dissuadé Silvia de continuer à enregistrer des cassettes pour ses adhérents, elle rendait sinistres les comédies les plus enjouées.

Tout revient d'un coup à Silvia, elle revit en accéléré les événements qui ont suivi la mort de Julian. La dépression de Tom, la rechute de Jacopo. Et cette impression de culpabilité qui ne la lâchait jamais, lui maintenait la tête sous l'eau en permanence. Inconsciemment, à un moment de la maudite journée qui a suivi le sauvetage de Gena, elle a dû choisir son père plutôt que Julian.

— Gena Meyer a toujours son cabinet de psychanalyse au bout de la rue ? fait-elle avidement.

Tom hausse les épaules.

— Comment veux-tu que je le sache, les plaques des médecins ne sont pas écrites en braille ! En tout cas elle n'est jamais revenue au restaurant après l'accident de Julian.

— Je sais que ça va te paraître dément, dit-elle, mais j'ai l'impression de m'être évanouie ce jour-là, d'avoir dormi pendant vingt ans, et de me réveiller ce matin.

Il lâche d'un ton désabusé :

— Si c'était vrai, tu n'aurais rien raté ! Il ne s'est rien passé d'intéressant ni d'heureux depuis.

Elle serre les mâchoires.

— Tu ne me crois pas, n'est-ce pas ?

— Non, pas quand tu profères une imbécillité pareille ! Mais je comprends le message implicite. Tu as pitié de moi, tu aurais préféré ne pas vivre ces vingt dernières années et je partage ton point de vue. Malheureusement on n'a pas eu le choix…

Pas eu le choix ?

Elle reçoit la phrase comme un coup de poignard.

Le choix, on peut dire qu'elle l'a eu, et pas qu'un peu. Si son père est vivant, c'est grâce à elle. Si Julian est mort, c'est à cause d'elle.

Comment survivre à cela ? C'est trop lourd à porter. Aucun psy au monde ne peut la soulager de ce fardeau. Le cadeau empoisonné de Gena a envenimé toute son existence. Les *bigoli in salsa* ne sont pas la preuve que Dieu existe, ils prouvent seulement que l'homme se console par les sens pour supporter les sales blagues du destin.

Elle remonte dans sa chambre de jeune fille et contemple son père.

— Tu t'es réconciliée avec Tom ? balbutie Jacopo.

Elle prend la main du vieillard.

— Je vais t'aider, papa, à deux on va y arriver, tu verras !

— M'aider ? gronde-t-il. Je n'ai besoin de l'aide de personne, et surtout pas de la tienne, Maria. Tu n'es jamais là, tu m'abandonnes tout le temps !

Silvia frémit.

— Je ne suis pas Maria, je suis Silvia, ta fille, corrige-t-elle avec douceur.

— Je suis très fâché, Maria. Tu es impardonnable. Pourquoi tu me laisses tout seul ? C'est terrible de ne plus parler à personne.

À présent, Silvia voit flou, à travers les larmes qui d'un coup remplissent ses yeux.

— Tu peux me parler, papa, souffle-t-elle. Je t'écoute…

— Jusqu'au jour où tu vas repartir ! dit-il sur un ton de reproche. Tu ne m'aimes plus, Maria ? Pourquoi tu t'en vas ?

Silvia se laisse tomber sur le petit lit, découragée.

— Parce que j'ai sauvé la mauvaise personne, murmure-t-elle. Parce que j'aurais dû sauver maman il y a quinze ans, au lieu de réanimer Gena hier. Parce que j'ai appris la manœuvre de Heimlich trop tard. Je suis désolée, papa. Tellement désolée…

Son regard tombe sur un livre corné posé au bord de la commode. Le roman de l'écrivain néo-zélandais qui avait tant enthousiasmé Julian. Celui qui vivait à Wellington.

Elle se rappelle.

Quelques mois après l'accident de Julian, elle a ouvert le livre, mais il y était question d'amour, de passion, d'espoir, de beauté, des émotions à jamais bannies de sa palette. Jacopo avait raison jadis, la faim n'est pas qu'une sensation, c'est un sentiment, le seul sentiment qui reste quand on est dévasté.

Elle a lu les autres réponses de l'auteur au questionnaire de Julian. À la question : *Votre plus grande folie ?* Il a répondu : Tout plaquer pour oser écrire et aimer. *Le livre qui a changé votre vie ?* Ceux de toutes les bibliothèques du monde. *Que signifie pour vous réussir dans la vie ?* Être qui j'étais avant, un notable sérieux et responsable. *Que signifie pour vous réussir sa vie ?* Être qui je suis, un homme libre.

La plus grande folie de Silvia, c'est d'avoir cru que le bonheur et l'amour étaient possibles. *Le livre qui a changé sa vie*, ou plutôt qui l'a fichue en l'air, c'est celui du Néo-Zélandais parce que si Julian ne l'avait pas lu il ne serait pas tombé par la fenêtre. *Réussir dans la vie*, c'est maintenir le restaurant à flot, gagner de quoi subsister et payer l'URSSAF, les taxes, les impôts et l'alcool de Jacopo. *Réussir sa vie*, c'est un leurre, une aberration qu'on fait miroiter aux humains pour mieux les abattre.

Tu ne tueras point, dit la Bible. Tu honoreras ton père et ta mère. Donc, tu ne tueras ni ton père ni ta mère. Silvia avait déjà vu mourir Maria, elle ne pouvait pas abandonner Jacopo. Les dés étaient pipés depuis le début.

Silvia a du mal à respirer. Elle ouvre la croisée, aspire une grande bouffée d'air. Elle attrape rageusement le livre et le balance dehors. Il tombe en tourbillonnant. Il n'en finit pas de chuter. Elle a le sentiment de l'accompagner dans sa danse. Il est comme immobilisé entre ciel et terre.

Tout était faussé depuis le départ. Elle n'avait pas le choix… Pas le choix… Pas le choix… Pas le…

AMORE & PASTA, MERCREDI

Plats du jour, au choix :
Penne al carciofo, penne aux artichauts
Gnocchi burro e salvia,
gnocchis au beurre et à la sauge

Dessert :
Tiramisu'

15.

Silvia erre dans un demi-sommeil.

On sonne.

Gorgonzola bondit, enthousiaste, et se met à japper et gratter furieusement la porte.

Gorgonzola ? Gorgonzola est vivant ?

Remplie d'un espoir fou, Silvia regarde le plafond où le réveil électronique de Julian projette joyeusement l'heure, 09 : 15. Le plafond de Julian. Le plafond du studio. Le plafond du studio au sixième étage sans ascenseur de l'escalier A !

Elle sourit de bonheur.

On s'impatiente, on sonne encore.

Elle rit tout haut. Elle s'étire voluptueusement entre les draps froissés. Les gémissements du chien sont une délicate musique à ses oreilles. Ce n'était qu'un cauchemar. Elle a tout rêvé, le chantage de Gena, la chute de Julian, la déchéance de son père.

Quel rêve horrible… et quel soulagement !

Elle garde exprès les yeux clos et savoure le plaisir de sentir à nouveau son corps plein de force et de vigueur. Elle a vingt-cinq ans, c'est une sensation merveilleuse ! Elle a vingt-cinq ans, personne n'est mort, rien de tout cela ne s'est passé, elle a rêvé ces horreurs parce que le sauvetage de Gena a réveillé ses anciennes terreurs, sa vieille culpabilité de n'avoir pas su comment réagir le soir de ses dix ans.

Tout de même, elle finit par se résoudre à ouvrir les yeux. Elle retrouve avec ravissement le studio familier de Julian, elle s'attendrit en voyant son chien écailler la peinture de la porte.

Julian est là, derrière, avec des croissants chauds. Ils vont passer la matinée à s'étreindre et à rouler ensemble. Ils vont faire un enfant, peut-être. Un petit garçon qui aura la tignasse blonde de son père et les yeux bleu chardon de sa mère. Si elle est enceinte, Julian reviendra peut-être à Paris avec elle ? Oui, si elle porte leur enfant, tout changera sans doute.

On sonne pour la troisième fois. Julian s'impatiente.

— J'arrive ! s'écrie Silvia en sautant du lit dans le plus simple appareil.

Elle ouvre la porte, radieuse. Puis se pétrifie en découvrant Gena Meyer sur le seuil.

— Euh… excusez-moi…

Elle bat en retraite, cherche fébrilement ses vêtements.

— Bonjour, dit la psychanalyste sans paraître offusquée par sa nudité.

Silvia s'habille à la hâte. Gorgonzola, croyant à un jeu, attrape la jambe de son pantalon chaque fois qu'elle essaye de l'enfiler, et elle le houspille :

— Couché ! Ça suffit ! Laisse-moi m'habiller !

Elle saisit son téléphone portable sur la table de nuit, l'ouvre, vérifie la date sur le petit écran. On est en 2008, tout va bien. Julian et Gorgonzola sont éclatants de santé, elle n'est pas devenue cette mégère haïssable, elle ne maltraite pas son père, il n'est pas poivrot et sénile, elle ne vit pas l'enfer avec Tom, Julian est vivant, Julian est vivant, Julian est…

— Il vous reste quarante-huit heures, dit Gena.

Le sol se dérobe sous les pieds de Silvia. Son sang se glace. Elle se mord la lèvre inférieure. Elle tremble comme une feuille.

— Quoi ? Julian n'est pas mort, n'est-ce pas ?

— Je vous ai dit que vous aviez trois jours. Il en reste deux.

Silvia se contient, cherche à se raccrocher aux faits dont elle est certaine, ne parvient qu'à s'embrouiller encore plus.

— Je ne comprends pas. On est en 2008 ?

— Bien sûr. Le voyage dans le temps n'existe que dans les romans de science-fiction.

— J'étais en 2028, j'ai vérifié la date sur le journal de mon père…, murmure Silvia. Et Julian était mort depuis vingt ans.

— Vous l'avez cru, Silvia. Mais si vous réfléchissez, vous savez bien que ça ne se peut pas. Il n'y a pas de baguettes magiques ni de sabliers ensorcelés. On naît, on meurt, on se débat entre les deux, on ne saute pas par-dessus le temps comme à travers un cerceau. Ce que vous avez vécu, c'est un leurre.

— Un leurre ? Vous voulez dire que ça n'était pas réel ?

— C'était une illusion plausible et logique, dit Gena avec son insupportable calme.

Silvia frémit. Ses yeux paniqués cherchent la fenêtre, elle s'assure que la balustrade de fer forgé est toujours en un seul morceau.

— Julian n'est pas tombé par cette fenêtre ? supplie-t-elle.

— Le problème n'est pas là.

Silvia se retient pour ne pas bondir sur la psychanalyste et l'étrangler à mains nues.

— Vous avez eu un aperçu de ce que pourrait devenir votre vie si vous choisissez de sauver votre père plutôt que Julian, précise Gena. Cela ne s'est pas encore déroulé.

— Un aperçu ? s'écrie Silvia, affolée. Alors c'était une sorte… d'esquisse ? De projection ?

— Oui.

— Donc Julian n'est pas mort ?

— Non.

Silvia tend la main vers son portable, compose le numéro de Julian. Il décroche tout de suite.

— Tout va bien ?

— … métro… passe mal… entends pas…

Les mots sont hachés et bientôt la communication est coupée, elle s'en fiche. Julian est vivant !

Elle tremble de soulagement. C'est l'essentiel.

— Vous êtes dingue, dit-elle à Gena.

— Je ne suis pas plus dingue que vous.

Silvia serre les poings, encore obsédée par l'image du corps gisant dans la cour.

— Rien n'est définitif avant le troisième jour, reprend Gena. Je vous l'ai dit et répété mais vous ne m'écoutez pas.

— Ce que vous prétendez est aberrant ! rugit Silvia.

Gena enchaîne d'une voix posée :

— Je ne prétends rien. Je me borne à vous exposer la situation telle qu'elle se présente. Ce que vous croyez avoir vécu n'était qu'une possibilité. Disons que… cela pourrait se passer ainsi, vous saisissez la nuance ? Vous vous souvenez de ma comparaison avec le chèque bancaire transmissible ? Vous pouvez l'endosser au profit de qui vous voulez. C'est vous qui tenez le stylo.

Une pensée frappe Silvia, la fait faseyer telle une voile dans le vent.

— Que va-t-il arriver aujourd'hui ?

— Je l'ignore, répond Gena, imperturbable. Je ne suis pas devin, je n'ai pas de boule de cristal. Souvenez-vous : c'est concret, pertinent. Comme l'inconscient, cela suit une logique. Pas de piège, pas d'entourloupe, pas de paranormal. La suite dépend de vous. C'est vous qui décidez, pas moi. Vous pouvez confirmer le choix du hasard ou le modifier. C'est vous qui êtes en haut de la pyramide, vous ne pouvez vous défausser sur personne. Vous disposez d'un bonus pour une vie, une seule. À vous d'en élire le bénéficiaire.

Silvia baisse la tête, foudroyée. Elle a cru Gena maboule. Elle a vu les pompiers s'affairer autour du corps brisé de Julian. Et elle vient réellement de l'entendre au téléphone.

— Alors, lui et mon père risquent à nouveau leur peau ? murmure-t-elle.

Gena secoue la tête et remet patiemment les choses au point.

— Non, Silvia. Ils sont tous les deux en sursis. Ils ne risquent pas leur peau : l'un va mourir, l'autre pas. Et c'est vous qui trancherez. Je sais que c'est dur. Encore une fois, il faut choisir ce qui vous fait le moins souffrir.

Silvia ferme les yeux, anéantie.

— Vous savez où me trouver, dit doucement Gena. De toute façon, nous nous verrons ce soir. Forcément.

Silvia a envie de hurler.

16.

Les pas de la psychanalyste décroissent dans l'escalier A.

Silvia tombe à genoux le long du lit, le souffle coupé, et sanglote. Gorgonzola lèche les larmes salées qui coulent des yeux de sa maîtresse et, comme elle ne bouge pas, il se love contre elle puis finit par s'endormir…

Une clef tourne dans la serrure. Silvia tressaille, s'essuie prestement les yeux, se relève. Julian entre, souriant, les mains vides, merveilleusement souple et vivant.

— J'étais dans le métro, je n'entendais rien ! La boulangerie d'en bas est fermée le mercredi, je vais nous préparer des œufs brouillés, tu n'as pas pris ton petit déjeuner, j'espère ?

Il s'inquiète en apercevant son visage défait.

— Qu'est-ce que tu as, *honey* ? Tu pleures ?

Elle n'a qu'une envie, se jeter dans ses bras, pourtant elle se retient. Si Gena Meyer est foldingue, inutile d'affoler Julian. Si Gena dit la vérité, elle doit se creuser la tête et trouver une échappatoire. Elle sourit, courageuse, amoureuse et déterminée.

— Tout va bien, ment-elle avec aplomb. Juste un coup de blues.

Dans le temps, à l'école, on posait aux enfants des problèmes de calcul avec des robinets absurdes qui remplissaient des baignoires fictives, et des trains improbables qui se croisaient dans des gares inexistantes. Les problèmes avaient beau être stupides, il fallait les résoudre pour passer dans la classe supérieure.

Silvia est aujourd'hui confrontée à une situation aberrante mais elle doit l'accepter et la solutionner.

— J'avais hâte que tu reviennes, murmure-t-elle.

Julian n'insiste pas. Lui aussi se sent parfois roulé par une vague de tristesse, un chagrin fracassant et inexorable venu de l'enfance, de la brutalité de son père, de la lâcheté de sa mère. Il laisse cela déferler et la tristesse disparaît grâce à l'amour et aux livres. Il sourit à Silvia. Elle ne parle jamais de sa mère et Julian respecte son choix, il sait seulement qu'elle est morte quand Silvia était petite. Et que devenir adulte, c'est s'affranchir du poids du passé.

Silvia dévore les œufs brouillés de Julian et, à chaque bouchée, elle reprend des forces, résolue à braver le destin, à vaincre l'épée de Damoclès suspendue au-dessus de leur tête.

Elle échafaude des hypothèses, imagine des subterfuges pour contrer le sort. Briser la rambarde de fer forgé avant que Julian s'y appuie. Condamner la fenêtre. Empêcher Julian de monter chez lui. Interdire à son père de sortir du restaurant. Poster la lettre des impôts elle-même. S'adjoindre l'aide de Raffaella et de Tom.

Jacopo effleure le toit du ciel du bout de sa cuillère. Julian touche l'infini du bout de son stylo. Il faut qu'elle les sauve tous les deux de la malédiction de Gena Meyer, la femme qui prétend être au cœur des choses.

Et qu'elle achète sept grandes bougies et cinq plus petites.

En quittant l'illusion de 2028 pour revenir en 2008 elle est passée d'un cauchemar à l'autre. Des lambeaux de cet avenir pas encore survenu flottent dans l'air, comme les nappes de brume accrochées aux branches des arbres le matin en automne. Il n'y a rien qu'elle puisse faire avant ce soir, sinon vivre à fond la journée qui s'annonce pour ne rien regretter. Choisir est impossible. Aimer est tout ce qui lui reste.

Julian prépare un café pour Silvia, elle fait réchauffer l'eau de son thé. Leurs mains se rejoignent par-dessus le plateau, il lui tend une petite tasse, elle lui donne un mug fumant. Leurs doigts s'entrecroisent, se caressent, se rivent les uns aux autres. Ils s'observent, leurs mains dansent, se frôlent, leurs gorges laissent passer un gémissement sourd, le sang bat à leurs tempes.

La main de Julian remonte le long du bras de Silvia, tourne à la hauteur de son épaule, descend sur ses seins. Elle tressaille. Alors il la prend dans ses bras et leurs bouches se cherchent. Elle embrasse avec passion son homme qu'elle a vu blessé à mort, caresse son corps qu'elle a vu disloqué et rompu.

Ils roulent à nouveau, enlacés. Ils perdent la notion du temps et de la géographie. Londres, Paris, Venise sont gommés de la carte, il n'y a plus que le studio de l'escalier A, cette ivresse effrénée, cet abandon effarant, et la douceur affolante qui suit la jouissance.

Une seconde, rien qu'une seconde mais c'est déjà trop, Silvia songe à Tom, se souvient qu'elle a cru avoir sombré avec lui dans les draps imaginaires d'un avenir sordide. Un aperçu, une esquisse, la projection d'une vie sinistre et ratée. Elle secoue la tête pour chasser la pensée intruse. Julian est le nord de sa boussole. Sans lui elle est perdue.

Après l'amour ils se ressemblent, lorsque les corps se sont mêlés les visages se remodèlent. Après l'amour, ils sont frère et sœur de peau. En quittant Londres, Julian a vécu à Dublin, à Barcelone, à Copenhague, à Bruges. Il a connu et aimé des femmes, mais pas à ce point, pas assez pour leur proposer de s'installer chez lui, pas assez pour les inviter à l'accompagner dans ses voyages. À Paris, Silvia a rencontré et aimé des hommes, mais pas de cette manière fusionnelle et évidente.

Ils se plient pour entrer ensemble dans la baignoire sabot au centre de la pièce, ils se collent, s'éclaboussent, l'eau déborde et mouille les tommettes, ils jouent avec la mousse de bain à la menthe, ils se dessinent des moustaches. Julian espère qu'elle viendra à Venise avec lui. Silvia est résolue à se battre pour le sauver.

Ils s'habillent. Silvia sort de l'armoire une robe qu'il aime particulièrement. Julian enfile des vêtements confortables, son corps est viril et intact, aucune de ses jambes n'est brisée, son cou forme un angle normal avec sa tête, il n'y a pas de sang dans ses cheveux.

Il sourit en voyant la robe.

— C'est pour une occasion spéciale ?

— Pour te remercier de m'inviter à déjeuner, dit-elle en soutenant son regard.

— Rappelle-moi où j'ai prévu de t'emmener ?

— Juste en face. Le restaurant n'ouvre que le soir mais tu as réservé la salle en exigeant de cuisiner toi-même. Je me demande ce que tu vas préparer.

— Tu n'es pas la seule, dit-il, amusé.

L'idée est venue à Silvia en boutonnant sa robe. Garder Julian et Jacopo dans le même lieu, voilà la solution. Les surveiller. Les préserver. Les protéger. Gagner.

Les enfants découvrent qu'ils mourront un jour lorsqu'une grand-mère ou un animal familier disparaît. La destinée humaine se résume à cela, vivre puis vieillir pour mourir, et tendre vers la sérénité dans le laps de temps imparti à chacun. Certains choisissent de s'asseoir et d'attendre l'inéluctable, d'autres se démènent avant l'issue fatale.

Tout est relatif. Un éphémère, une phalène, une fourmi ont toute la vie devant eux, mais leur vie dure moins que celle d'un humain, qui est elle-même inférieure à celle d'un chêne. Pour un éphémère qui ne vit que vingt-quatre heures, trois jours sont l'équivalent de trois siècles pour un homme.

Silvia subit le même sort dans un temps plus ramassé, elle n'a que deux jours avant la fin. Mais la fin de qui ?

17.

Jacopo descend dans la salle d'*Amore & Pasta* en entendant du bruit. Silvia dévisage son père avec émotion. Ses paupières ne larmoient pas, le blanc de son œil est aussi immaculé que celui d'un œuf à la coque. Son haleine sent le dentifrice à la chlorophylle, son cou fleure bon la lavande, ses mains ne sont agitées d'aucun tremblement, ses cheveux sont plus poivre que sel.

— Julian va cuisiner pour nous ! lui annonce Silvia.

Jacopo fronce les sourcils. Julian répond à sa question implicite en haussant les épaules.

— Je ne sais pas ce qui lui prend ce matin, elle est bizarre… Ne vous attendez pas à des miracles !

Jacopo, l'œil pétillant, sort trois assiettes que Silvia dispose autour de la table 3. Ils s'asseyent et se tournent vers Julian.

— Quel est le menu ? demande Silvia.

Julian s'active de l'autre côté du passe-plat, il entrechoque des casseroles, remue des assiettes, tourne des cuillères, ouvre un robinet, se brûle et laisse échapper un *shit !* peu académique.

— Le service est un peu lent mais il paraît que le cuisinier est très créatif, souffle Silvia à son père.

Jacopo hoche la tête. Puis ses yeux s'écarquillent et il désigne du doigt un point dehors, de l'autre côté du cœur rouge qui orne la devanture.

Silvia se retourne. Tom descend la rue, sa canne blanche en avant. Il est si maladroit qu'il évite les obstacles de justesse et, comme il tient la canne par le milieu, les promeneurs qui le croisent ne l'identifient pas tout de suite comme non-voyant. L'utilisation de la canne implique une initiation à laquelle il a refusé de se plier. Il n'y a pas que le chien Paramount qui a besoin d'un apprentissage. Mais Tom est trop orgueilleux pour admettre qu'il a besoin d'aide.

Silvia retient sa respiration. Tom vient de manquer embrasser un poteau. Elle rit nerveusement.

Jacopo se lève en silence et va chercher une assiette supplémentaire.

— Tu penses qu'on devrait l'inviter à se joindre à nous ? devine Silvia. Je vais le chercher. Ne sors pas d'ici, sous aucun prétexte. Reste là, avec Julian. Tu m'as bien comprise ? Tu ne bouges pas, OK ?

Jacopo, étonné de sa véhémence, acquiesce.

— Je croyais que vous étiez fermés à midi ? demande Tom en s'asseyant.

— C'est le cas, dit-elle. Aujourd'hui tu n'es pas un client mais un invité. Et c'est Julian qui est aux fourneaux.

Tom grimace. Jacopo hausse les sourcils et tend à nouveau la main vers la rue. Silvia aperçoit Raffaella qui remonte le trottoir que Tom descendait.

— D'accord, soupire Silvia. C'est son anniversaire. On ne peut pas la laisser seule. Tu sais qu'on n'est pas l'Armée du Salut ?

N'importe quel autre jour, elle aurait bondi pour rattraper l'Italienne. Elle essaye de se rassurer, les deux êtres qu'elle préfère au monde sont là, bien vivants. Mais elle se sent déchirée, aussi disloquée que le corps de Julian hier soir.

— J'y vais si tu me jures de ne pas bouger, de rester rivé, boulonné, scotché à ta chaise. D'accord ?

— On ne change pas une équipe qui gagne ! lance Tom en réponse au bonjour sonore de Raffaella.

Jacopo rajoute une cinquième assiette.

— Et surtout qui gagne à être aimée, dit Silvia. Quand il y en a pour trois, il y en a pour cinq. N'est-ce pas, Julian ?

Il se penche à travers le passe-plat.

— À vos risques et périls. Je me suis arrangé avec ce que j'ai trouvé, je suis le roi des coquillettes au jambon ou de la saucisse purée en sachet mais il n'y en avait pas en stock. Ce sera donc frugal mais original.

Il leur sert d'abord du pain de campagne toasté tartiné de pâté sur lequel il a dessiné des visages avec du poivre rose et des lamelles de cornichon. Avec pour l'accompagner une bouteille de haut-médoc château hanteillan, cuvée spéciale 2004 vin des Nanas. Puis ils savourent une omelette à la confiture d'oranges flambée au whisky. Après, il dépose au centre de la table un grand plateau de fromages.

— Du fromage après le dessert ? s'étonne Silvia.

— C'est ainsi qu'on le mange en Angleterre. Normalement on boit du porto avec. Vous avez assez déjeuné ?

— C'est parfait, assure Tom.

Ils forment un drôle d'équipage, tordus, bancroches, blessés de la vie, rassemblés pour se tenir chaud, leurs forces et leurs faiblesses se potentialisent. Tom, sa canne blanche et sa peur du noir. Raffaella, son armure d'élégance et sa peur de décevoir Flavio. Jacopo, son mutisme et ses sept ans cinq mois et cinq jours d'abstinence. Julian et son incessante fuite en avant. Silvia et sa haine des anniversaires.

— Vous êtes née à quelle heure, Raffaella ? demande Tom.

Elle consulte sa montre.

— Il y a soixante-quinze ans et trois heures.

On l'applaudit.

Jacopo prend à nouveau la parole :

— Le gâteau… maintenant ?

Sa voix est rauque, elle colle mal au personnage, on dirait un mauvais doublage.

— Vous l'avez fait ? Merci ! Nous le mangerons ce soir, j'ai prévu de me changer pour l'occasion.

Jacopo va chercher une bouteille de *spumante*, remplit les verres et prononce le traditionnel vœu italien :

— *Auguri !*

Il lève son verre comme les autres, le repose sans y avoir touché. Tom se met à chanter *Happy birthday to you.* Silvia a la gorge nouée.

— Je bois à nos quatre pays ! annonce Raffaella. Vous êtes tous mes invités. Silvia, l'addition sera pour moi.

La jeune femme secoue la tête.

— Le restaurant est fermé à midi, c'est la maison qui régale.

— Vraiment ? C'est très aimable. Alors je bois à votre santé et à celle de ceux que vous aimez !

Arrêt sur image. En dépit du brouhaha ambiant, il semble à Silvia que quelqu'un a appuyé sur « pause » et que la scène se fige. Raffaella brandit son verre, Jacopo repousse le sien, Tom chante, Julian empile les assiettes vides, Gorgonzola a coincé son jouet sous le buffet.

— Ceux que j'aime, répète Silvia d'une voix étranglée.

Le monde, l'horloge, les humains autour d'elle reprennent leur ronde. Celui qu'elle aime le plus fort vivra, prétend Gena Meyer.

— Quelle est la personne que vous aimez le plus au monde ? lance-t-elle à la cantonade.

— Toi, dit Julian avec gravité.

Jacopo se contente de sourire, elle sait ce qu'il pense, le fait que Maria ne soit plus à ses côtés n'y change rien, on ne cesse pas d'aimer les absents.

— Si les chiens comptent, je choisis Paramount ! répond Tom.

— Et moi Flavio, précise Raffaella. Hier, Tom a proposé de transformer cette salle en décor de cinéma. Quel film avez-vous choisi, Silvia ?

Silvia l'avait totalement oublié mais tout ce qui les soudera aujourd'hui est bienvenu. La solution est là, s'amalgamer, devenir une équipe, faire barrage contre le danger comme dans une mêlée de rugby.

Silvia a sauvé Gena. Laquelle soutient que Silvia a gagné une vie en échange. Il ne doit y avoir qu'un accident mortel, pas deux. Donc il ne faut surtout pas séparer les protagonistes.

Tom se penche et salue à la ronde, on ne distingue pas ses yeux derrière les lunettes noires.

— *Que la fête commence !* lance-t-il avec une gaieté forcée.

Il prononce rituellement la même phrase au début de chaque film. Ses collaborateurs applaudissent et chacun sort son calepin pour prendre des notes.

Mais aujourd'hui, c'est la dernière fois.

18.

Tom grince des dents, les autres ne s'en rendent pas compte. Pour cet ultime décor, il ne sera pas pathétique mais professionnel. Tant pis si ses adieux se déroulent devant une équipe d'amateurs. Même si ce n'est qu'un jeu, même si le restaurant n'est pas un plateau de cinéma, même s'il n'y a pas de milliards de dollars en balance, pas de grand studio, pas de producteur mythique, pas de réalisateur génial, aucun contrat à la clef. Il redevient pour ce final un meneur d'hommes, un chef. Il n'a plus rien à voir avec l'étranger au visage las qui appréhende l'espace du bout de sa canne blanche. Ses traits se sont durcis, ses cheveux roux brillent, un demi-sourire joue sur ses lèvres. Le réalisateur est un rêveur, le chef déco transforme son rêve en réalité.

— Quel film, Silvia ? demande-t-il.

Elle botte en touche.

— Un décor qui plaira à n'importe quel couple d'amoureux qui passe dans la rue, dit-elle avec un geste vers la devanture.

Sur le trottoir, à cet instant, il y a une vieille dame au bras de son petit-fils, à moins que ce ne soit son gigolo. Il y a un petit monsieur malingre qui se dispute avec une femme très grande. Il y a deux ados de sexe indéterminé qui s'embrassent avec passion. Ce sont tous des clients potentiels.

Quand Silvia fait ses courses au marché, elle veut le meilleur pour eux, elle a envie de les protéger, de les choyer, de les materner. Elle oublie ceux qui râlent que les pâtes font grossir (on se demande ce qu'ils fichent dans son restaurant), ceux qui prétendent qu'ils ne digèrent pas l'ail ou que la tomate leur donne des remontées acides, ceux qui trouvent leur plat trop ou pas assez salé. Elle a pour les irascibles une immense indulgence. Elle est comme une femme qui accouche et oublie la souffrance des naissances précédentes pour accueillir l'enfant nouveau. Elle aime les clients qui ont besoin de convivialité. Et elle aime les amoureux qui ressemblent au couple qu'elle forme avec Julian.

— « Tout faire faire, ne rien laisser faire », professait le chef déco qui m'a tout appris, dit Tom. Tu as un crayon, Silvia ? Une gomme ? Du papier format A4 ?

Elle taille un crayon, qu'elle pose sur la table en précisant :

— Je le mets à ta droite.

Elle se mord les lèvres. C'est absurde. Tout ça est grotesque, insensé. Elle n'est pas médecin, ce n'était pas son emploi de réanimer Gena Meyer. Une psychanalyste est censée apaiser les gens, pas les perturber ni les menacer. Tom est aveugle, il ne peut pas modifier un décor. Julian est jeune, il ne peut pas mourir. Il y a un seul point positif, Jacopo reparle en public. Silvia n'est pas certaine que ça le rende moins triste.

Tom déglutit avec difficulté, sourit, tend la main et saisit le crayon. Ses doigts se referment dessus avec l'aisance due à une longue habitude, tel le violoniste maniant l'archet. Pour aller de l'idée à sa réalisation il faut tirer un plan. D'habitude, lorsqu'il lance : *Que la fête commence !*, il écrit le nom du film sur une feuille blanche pour donner le coup d'envoi au futur décor.

Silvia retient sa respiration. Jacopo est hypnotisé par son verre de vin. Raffaella tortille le ruban de velours noir qui retient ses lunettes. Julian a le visage tendu.

Lentement, la main de Tom avance le long de la feuille, elle en éprouve les bords et en corne un au passage par mégarde.

Concentré à l'extrême, la sueur au front, il se représente mentalement le papier vierge. C'est faisable. Ce n'est pas la mer à boire. Il doit seulement inscrire le nom du restaurant, *Amore & Pasta*, trois mots, pas un roman, trois petits mots. Il ne se contentera pas de la version abrégée, *A & P*. Le nom entier est indispensable, cela conjurera le sort, cela prouvera au monde qu'il n'est pas fini, qu'il peut renaître de ses cendres. Le monde qui, en l'occurrence, se résume à une Italienne hors du commun, un ancien muet émigré, un globe-trotter anglais et une jeune femme au regard dont il ignore la nuance de bleu.

N'importe qui peut écrire les yeux fermés, mais l'épreuve se complique si on ignore où se trouve le papier, si on ne repère pas l'endroit où il convient de tracer les lettres. Il aurait pu déléguer, demander à

Silvia de s'en charger. Mais il est le patron, c'est à lui de dégrossir la pierre, d'entamer l'ouvrage.

Autour de lui les autres sont sans doute consternés, il sent physiquement leurs regards sur sa peau. Et tout le poids, insupportable, de leur compassion.

La main de Tom progresse, lisse la feuille. Il se penche, s'appuie de la paume gauche à la table. Il est le chirurgien qui va pratiquer l'incision initiale, l'écrivain qui rédige la première phrase de son livre. Il est Tom Cooper, trois fois oscarisé.

La main se crispe sur le crayon. Tom ne distingue plus les formes qui l'entourent, si personne ne parlait il pourrait se croire seul dans le restaurant.

La main, exercée, trace un A. Un A droit, ferme, assuré, implacable. Le A d'un homme déterminé et autoritaire qui sait ce qu'il veut et se battra pour l'obtenir. Les autres lettres suivent, *Amore*. Surtout, ne pas lever le crayon, ne pas l'éloigner du papier sinon il perdra ses repères.

Il est en nage. Aussi fier que le jour où il a reproduit un désert mythique en studio. Aussi satisfait que le soir où il a construit une banquise si authentique que le réalisateur a enfilé sa parka alors qu'il faisait plus de 40° dans le hangar.

Julian attrape une autre feuille, un crayon, ferme les yeux et tente d'écrire son nom au centre du papier. Il rouvre les yeux, tend la feuille à Silvia en silence. Le résultat est navrant, les lettres montent, déformées, les jambages s'entrecroisent.

— Je suis pitoyable ? marmonne Tom.

Il appuie si fort sur le papier que la mine de son crayon se brise. De surprise, il lâche le crayon qui roule. Pas bien loin, mais hors de portée.

Silvia sent sa gorge se nouer. Elle ne veut pas que le décor change, elle se sent à l'abri dans la salle telle qu'elle est, mais elle n'a pas osé refuser par crainte de le blesser. Elle regrette à présent de ne pas avoir suivi son instinct.

Tom tâtonne pour récupérer son crayon. Personne ne bouge pour l'aider, ils sont statufiés. Personne ne pipe, on entendrait une mouche voler si Jacopo ne leur faisait pas la chasse à cause de l'hygiène, du coup on entend l'aiguille des secondes de la pendule De Cecco rythmer le temps.

Tom balaye la table de ses doigts, heurte le crayon, le tend à Silvia dont il a repéré la position à l'oreille.

— Tu peux me le retailler ? Et gommer ce que j'ai écrit ?

Il faut qu'il trace les trois mots tout seul. Silvia s'exécute.

— Voilà.

Elle ne lui met pas le crayon dans la main, elle le pose sur la table à la même place que tout à l'heure. Il le saisit, retrouve ses marques par rapport aux bords de la feuille, puis, d'un geste assuré, il écrit sans trembler *Amore & Pasta.*

Il relève la tête, épuisé et satisfait.

— Il y a six mois, je voyais aussi bien que n'importe lequel d'entre vous, dit-il. Ensuite, peu à peu, la nuit m'a happé.

Les autres se dévisagent, consternés, ils le croyaient aveugle depuis des années. Il n'y a pas si longtemps, il était comme eux, il conduisait son pickup, il courait le matin le long de la plage avec son chien Paramount, il repérait les constellations dans le ciel nocturne, il souriait aux lettres géantes dressées sur la colline de Hollywood. Il détaillait les courbes des femmes dans la rue, il lisait des scénarios, il visionnait des films, il dirigeait une équipe de cent cinquante personnes. Il emmenait Ally au Château Marmont sur Sunset Boulevard pour lui faire l'amour. Aujourd'hui, il n'est même plus capable de déboucher une bouteille pour remplir une flûte de champagne.

— Je n'ai pas besoin de votre pitié mais de votre aide. Quel film as-tu choisi, Silvia ?

Pour ce projet, il n'aura pas besoin d'esquisses, de maquettes planes ou en volumes, de plans de masse, d'implantation, de coupes, d'élévations, de photos, d'échantillonnages. Silvia ne va pas lui demander la lune, et si c'était le cas il la lui servirait sur un plateau de cinéma.

Il a adoré bâtir ces cités, construire ces avions, ces bateaux, ces trains, imaginer ces décors d'intérieur, peut-être parce qu'il n'a pas eu de maison d'enfance. Ses parents vivaient sur les tournages dans des hôtels ou des motels. Il changeait chaque fois d'école, perdait ses amis. Les autres gosses l'enviaient de mener cette existence vagabonde alors qu'il aurait tout donné pour habiter un bête pavillon et avoir un père fonctionnaire et une mère au foyer. Ses parents l'aimaient, mais le cinéma était leur vie et il passait au second plan. Les jours de repos, ils étaient si épuisés qu'ils ne faisaient que dormir, avachis devant la télé.

Tom n'a pas eu de vrai foyer, pourtant il en a créé des centaines, avec des parois amovibles pour qu'on puisse déplacer les caméras et filmer les acteurs. Sous sa direction, les menuisiers, peintres, maçons, sculpteurs et staffeurs ont œuvré, l'ensemblier s'est occupé des intérieurs (appartement, avion, bateau, ovni) et le régisseur des extérieurs (calèches, grilles, voitures, châteaux), les accessoiristes ont recensé les petits objets (signes d'appartenance à une société ésotérique, un club sportif, un parti politique, photos de famille), les accessoires de jeu (le carnet ou le portable du héros), les meubles (d'époque ou récents), les armes (épées ou armes à feu). Le tapissier a choisi les voilages, rideaux, dessus-de-lit, nappes. Les rippers ont chargé les camions et apporté le matériel sur les lieux de tournage. Toute son équipe a contribué à créer l'univers, la couleur et l'atmosphère des films.

— On t'écoute, Silvia ?

Elle se retrouve propulsée des années en arrière, au lycée, quand les profs de français ou de philo qui appréciaient ses dissertations l'interrogeaient sur ses futures études.

Elle brûlait de se jeter dans la mêlée et de dévorer les livres, mais elle était coincée, les ailes rognées, destinée à se taire comme Jacopo, à s'effacer comme Maria, à passer les plats, à se couler dans le moule. Si bien que les profs, déçus, finissaient par capituler et se désintéresser d'elle.

Elle sait que Tom a besoin de ce stimulus, qu'il attend qu'elle fasse son choix. Cela devient une habitude, Gena Meyer aussi attend qu'elle choisisse un vivant et un mort, rien que ça.

Aujourd'hui une seule chose importe, garder Julian et Jacopo réunis.

— Je n'ai pas envie de copier un film existant, dit-elle. Je préfère un décor unique, inédit comme mes recettes de pâtes pour les couples. Nous formons une brochette de gens disparates, si on prenait le meilleur de chacun d'entre nous ? Raffaella, qu'est-ce qui vous manque ici par rapport aux restaurants romains ?

— La couleur, dit aussitôt l'Italienne. L'ocre chaud des palais romains. C'est trop blanc.

Tom hoche la tête.

— Des chaises avec des accoudoirs seraient plus confortables pour les personnes qui ont mal au dos, ajoute Raffaella après réflexion. Mais je ne suis peut-être pas représentative de la clientèle ?

Tom sourit, on progresse. De l'ocre. Des accoudoirs. Chaque détail compte.

— Moi, je trouve que ça manque de bleu, intervient Julian. Celui des chardons, celui des yeux de Silvia…

Il s'interrompt, gêné.

— Je suis aveugle mais pas crétin, grogne Tom, j'ai déjà vu des chardons dans ma vie. Continue !

Chacun énumère ses vœux et fait preuve d'imagination. Tom a une mémoire d'éléphant, il enregistre tout. Les habitués précisent leurs souhaits et c'est un feu d'artifice d'idées.

Acheter un lecteur de CD pour que chacun puisse apporter ses disques et partager ses trouvailles musicales. Mettre une pancarte indiquant que les chiens sont les bienvenus et un bol d'eau pour les désaltérer. Préciser que le restaurant dispose de pâtes au riz et de pâtes sans gluten pour les régimes spéciaux. Avoir des chaises avec des barres pour caler ses pieds.

Poser des étagères le long des murs pour les classeurs des étudiants et les sacs à main des dames. Accrocher des patères au niveau de chaque table pour les manteaux.

Proposer deux services, un rapide pour les gens pressés et un lent pour les sybarites qui veulent profiter de la vie. Prévoir un coin spécial pour les utilisateurs de téléphone portable. Présenter un choix de magazines et de bandes dessinées que les clients solitaires pourraient feuilleter en dînant. Trouver normal qu'on emporte sa bouteille de vin si on ne la finit pas, ce qui résoudrait le dilemme : une demi-bouteille pas assez, une bouteille entière trop. Imprimer les recettes du jour sur des fiches pour ceux qui ont des velléités de cuisine. Varier tous les soirs les mignardises servies avec le café. Décorer les murs avec la photo préférée de chaque habitué. Fabriquer une boîte à recettes où chacun glisserait celles de son pays.

Tous tombent d'accord pour conserver le cœur rouge de la devanture. Tous estiment que si les clients font la démarche de dîner au restaurant, qui revient plus cher que chez soi, c'est qu'ils recherchent la convivialité. Un restaurant n'est pas qu'un dispensateur de nourriture, c'est une île au milieu du trafic urbain, un havre, un refuge.

— À mon tour, dit Tom. Je souhaite qu'il y ait des bords en relief aux tables pour empêcher les couverts de tomber par terre, ça servirait aux aveugles, aux enfants et aux maladroits. Et j'aimerais des nappes moins rêches, il faudrait un tissu doux, soyeux, aérien, plus sensuel, plus appétissant. Et coloré, bien sûr. Ce n'est pas parce que vous dormez dans le noir que vous oubliez ce que redeviendra le monde à votre réveil.

Ce n'est pas parce que je n'y vois plus que j'ai oublié les couleurs. Silvia est jaune, solaire. Julian est plutôt rouge, vibrant. Raffaella est gris perle. Jacopo est vert, végétal. Gorgonzola est orange, vitaminé. Je ne vous ai jamais vus, j'ignore à quoi vous ressemblez. C'est pareil avec Paris et cette salle de restaurant. Je les imagine, je les entends, je les hume, je les reconstruis dans ma tête. Je pourrais décrire cette ville à des non-voyants.

— Ça pourrait faire une chronique originale pour mon magazine, dit Julian d'une voix songeuse.

Tom hausse les épaules et change de sujet.

— Je vais distribuer les rôles. Silvia sera le réalisateur, évidemment. Julian, mon premier assistant. Jacopo, le chef constructeur. Raffaella, l'accessoiriste et la tapissière.

Sa voix est claire, déterminée. Il se tient droit face à eux. Il a travaillé sur des films cultes mais aussi des bluettes mélodramatiques aux héros dignes et pathétiques. Il ne deviendra pas l'un d'eux, il a trop d'orgueil.

— C'est fini pour aujourd'hui, que la fête cesse jusqu'à demain ! dit-il. Ainsi chacun pourra réfléchir et commencer à s'activer de son côté.

— Je vais parler à ma rédac chef de cette idée de visite d'une grande ville par les sens, insiste Julian. Tu pourrais commencer par Paris et embrayer sur Venise ?

Tom secoue la tête.

— Pas question d'être l'aveugle de service !

— Je pars la semaine prochaine en Italie pour six mois, dit Julian, négligeant l'interruption. J'ai proposé à Silvia de m'accompagner et de tenir la chronique culinaire. Alors, tu as réfléchi, Silvia, tu aimerais vivre dans le pays de tes ancêtres ?

Un ange passe. Jacopo dévisage sa fille avec étonnement, c'est la première fois qu'il entend parler de ce projet. Mais Silvia a oublié Venise, la donne a changé. Elle n'a plus qu'un but : que Julian et son père atteignent le prochain week-end sains et saufs.

19.

Raffaella rentre à l'hôtel pour se changer. Tom reste assis tandis que Jacopo et Silvia s'affairent pour préparer le dîner. Julian ne compte plus comme client, il a quitté le cercle des habitués pour intégrer la famille. Un jour, quand il a voulu payer, Silvia lui a fait remarquer qu'il avait oublié de lui laisser une petite gratification sur la table de nuit. Il n'a plus insisté.

Chez *A & P* on ne sert pas le banal Chianti des pizzerias. Même s'il ne boit plus d'alcool, Jacopo s'occupe jalousement de sa cave et propose un joli choix de vins, Brunello di Montalcino, Montepulciano d'Abruzzo, Dolcetto d'Alba, Falanghina, Aleatico, Barbera d'Asti, Morellino di Scansano.

Julian pianote sur le clavier de l'ordinateur grâce auquel Silvia gère les commandes et la comptabilité.

— Bingo ! s'écrie-t-il. *I am the best !*

Il a interrogé le moteur de recherche Google en utilisant trois mots clefs : Flavio, sculpteur, Paris. Il a trouvé des Flavio non sculpteurs à Paris, des Flavio sculpteurs en Italie, mais un seul réunissant les deux spécificités, Flavio Leoni. Il a proposé le nom à l'annuaire du Web. Lequel, en une seconde, a craché une adresse au numéro 9 de la rue adjacente.

— J'ai l'adresse du fameux Flavio ! annonce-t-il. Si on l'invitait ce soir pour faire une surprise à Raffaella ?

Silvia hésite :

— Et si leurs retrouvailles se passent mal ?

— Elle est venue pour le revoir, rappelle Julian.

— Et s'il refuse ? objecte Tom.

— On ne risque rien à essayer, rétorque Julian. S'il accepte, elle sera heureuse. Sinon, on ne lui dira rien. Elle a soixante-quinze ans aujourd'hui, elle l'aime depuis toujours, tentons le coup !

— Je suis d'accord si on y va tous ensemble, dit Silvia.

Le nom Flavio Leoni figure sur l'interphone du numéro 9. Julian sonne. Une voix de femme demande :

— Qu'est-ce que c'est ?

— Une lettre recommandée pour Leoni, invente-t-il.

— Quatrième !

L'escalier est étroit, le tapis élimé, la sculpture n'enrichit pas son homme. La porte de droite s'ouvre. Une petite fille bouclée à laquelle il manque une incisive les regarde sans sourire, elle n'attend rien, le monde des adultes lui est incompréhensible.

— Je voudrais voir monsieur Flavio Leoni, dit Silvia.

L'enfant détale en courant vers les profondeurs de l'appartement en criant : « Grand-mèèèèèère ! »

Julian regarde Silvia et Jacopo. Contrairement à Raffaella, Flavio aurait donc fondé une famille ?

Une voix demande :

— Où est ma lettre recommandée, ma chérie ? Tu as ouvert au facteur ?

La vieille dame n'a rien à voir avec Raffaella, elle est petite et frêle, elle a dû faire sa coloration elle-même et ses cheveux ont viré au bleu, elle porte une blouse d'intérieur à fleurs comme les paysannes, c'est une fragile mamie confitures.

— Qui êtes-vous ? demande-t-elle, surprise.

Tom s'avance, sa canne à la main. La vieille dame, décontenancée, recule.

— Nous voudrions parler au sculpteur Flavio Leoni, dit-il avec son accent américain.

La vieille dame fronce les sourcils.

— Qu'est-ce que vous lui voulez ?

Silvia prend le relais.

— C'est une amie qui nous envoie. Est-ce que votre… est-ce qu'il est là ?

Elle allait dire « votre mari » mais elle s'est ravisée. Quand on tient un restaurant qui sert des pâtes aphrodisiaques, on apprend que les apparences sont trompeuses, on voit ceux qu'on prend pour un père et sa fille s'embrasser à pleine bouche au-dessus du café ou l'homme d'affaires et sa secrétaire se faire du pied sous la table. Qui est cette femme, l'épouse de Flavio devant Dieu et les hommes, ou sa cuisinière ?

— Quelle amie ? demande la vieille dame, intriguée par le quatuor disparate qui se tient face à elle.

— Une amie d'enfance, répond Julian.

La vieille dame choisit de s'adresser à Jacopo.

— Vous arrivez trop tard. Mon mari est décédé il y a dix jours, dit-elle d'un ton infiniment las.

Jacopo ouvre la bouche, choqué. Il sait ce que signifie perdre quelqu'un. Julian et Silvia échangent un regard navré et murmurent des condoléances.

— On ne va pas vous déranger plus longtemps, dit Tom.

Il fait un pas en arrière, bousculant Silvia au passage et libérant la porte que la vieille dame commence à refermer. Mais soudain elle s'immobilise et lance d'un air soupçonneux :

— Cette amie… elle est italienne ?

Tom se trouble. Jacopo tressaille.

Alors, subitement, la mamie confitures se transforme comme les monstres des mangas japonais, son visage devient dur et farouche.

— Si c'est elle, il faut que ça cesse, vous m'entendez ? Elle lui a fait assez de mal de son vivant !

Tom se fige, consterné.

Elle se met à crier :

— C'est moi qui me suis occupée de lui, moi qu'il a épousée alors qu'elle l'avait rejeté et qu'il était désespéré, moi qui l'ai veillé sur son lit de mort. Elle l'avait abandonné pour obéir à son père, elle croyait quoi, qu'il allait l'attendre la queue entre les jambes ? Il la détestait, il ne lui a jamais pardonné…

La veuve de Flavio Leoni est cramoisie, elle a les poings serrés, elle déverse sur eux cinquante ans de haine. Sa petite-fille, à quelques mètres, la contemple avec une surprenante placidité.

Silvia et sa bande refluent vers l'escalier, Julian prend le coude de Tom, le guide pour qu'il se repère, le prévient quand ils arrivent à la première marche.

— Qu'elle crève ! lance la veuve, ivre de colère. Ce n'est pas lui qui aurait dû partir le premier, c'est elle ! C'est moi qu'il aimait ! Il lui en voulait à mort !

Ils descendent en hâte tandis que l'aimable vieille dame vocifère. Des portes s'ouvrent sur leur passage, des yeux inquiets les dévisagent. Tom, appuyé au bras de Julian, se concentre pour ne pas rater une marche.

Ils débouchent enfin dehors et s'arrêtent pour souffler. Jacopo est blême.

— Raffaella a aimé toute sa vie un mirage ? Ce type la détestait ? Je n'arrive pas à y croire ! s'écrie Silvia.

— Le côté positif de la chose, c'est que Flavio ne viendra pas à son anniversaire et qu'on aura chacun plus de *tiramisu'*, grogne Tom.

— On ne dira rien à Raffaella, décrète Silvia.

— Elle doit savoir la vérité ! proteste Julian.

— Qu'il est mort, oui. Qu'il ne lui a jamais pardonné, non. Quand je pense qu'elle est venue en France pour le revoir après toutes ces années, et qu'elle l'a loupé à dix jours près… Elle a refusé toutes les demandes en mariage. Je me demande si elle a eu d'autres amants.

— Il y a un truc qui ne colle pas, dit Tom. Cet homme lui a envoyé des cartons d'invitation à ses vernissages pendant cinquante ans… alors qu'il la haïssait ?

Ils retournent à *Amore & Pasta.* Malgré les funestes prédictions de Gena, Silvia se jure que Flavio sera l'unique disparu du jour.

20.

L'heure tourne. Depuis l'enfance, Silvia se concentre sur le moment présent. Le passé n'est plus, l'avenir est incertain, alors elle fuit dans l'instant. Parce que le destin l'a forcée à s'adapter, à grandir sans mère, à partager son père avec la grappa, à ne pas quitter sa rue, à avoir la tête dans les étoiles et les pieds collés au plancher du restaurant familial.

Elle continue ce soir, parce qu'il n'y a pas d'autre issue. Elle ne regrette pas de fêter l'anniversaire de Raffaella, se focaliser sur maintenant l'empêche de penser à plus tard. S'occuper des autres fait refluer sa peur et agit comme un anesthésiant. Elle a choisi un nouveau décor pour aider Tom. Elle a choisi de cacher la vérité à Raffaella. Elle a choisi de ne pas choisir entre Jacopo et Julian et de les sauver tous les deux.

19 h 45

Il y a des fleurs fraîches dans les vases, le vin blanc est glacé, le vin rouge à température de cave. Un assortiment de *grissini*, nature, au sésame, au romarin ou à la truffe attend sur les tables. Les deux plats du jour sont des *penne al carciofo* avec des artichauts, des lardons et des échalotes, et des *gnocchi burro e salvia* au beurre et à la sauge.

Tom et Julian discutent à leurs places habituelles. Julian s'interrompt en voyant entrer la reine de la fête. Il souffle à Tom :

— Raffaella s'est changée, elle est habillée comme pour une première à l'Opéra !

Raffaella est en robe du soir noire, très simple, très élégante, sans doute très chère. Une étole en fourrure à la mode d'un autre âge lui couvre les épaules. De somptueuses et discrètes boucles en diamant ornent ses oreilles. Elle a utilisé la douche commune de son hôtel avant de sortir, et croisé dans le couloir une mère de famille africaine en boubou multicolore qui lui a dit qu'elle était belle.

— Vous êtes ravissante, confirme Silvia.

Raffaella est plus maquillée que d'habitude, ce qui rehausse la finesse de ses traits. Sa robe de grand couturier froufroute lorsqu'elle marche.

— J'aime la musique de votre robe, remarque Tom. Vous pouvez approcher pour que je la touche ?

Raffaella s'exécute et il froisse délicatement le tissu entre ses doigts.

— Les spectateurs n'imaginent pas combien ces détails sont importants dans un film. Vous vous rappelez, dans *Singing in the rain*, la scène où Lina Lamont, la star du muet dotée d'une voix de crécelle, fait du bruit dans le micro avec son éventail et sa robe ?

— C'est un de mes films préférés, sourit Raffaella. Il est sorti au début des années cinquante, je l'ai vu avec Flavio.

Un silence atterré salue la phrase.

D'autres clients entrent. Trois habitués, un père divorcé et ses deux petits garçons qui prennent les *grissini* pour des sabres laser. Ils viennent chaque fois que retombe la semaine de garde alternée du père. Quand ils partent, Silvia lui glisse un plat à réchauffer pour le lendemain. Il habite dans le coin, elle le rencontre parfois le soir, un carton de pizza ou un sac de traiteur chinois à la main. Il ne vient jamais sans ses fils. Il faut le courage de Tom, de Raffaella ou de Julian pour s'asseoir seul dans un restaurant.

Deux couples d'amoureux arrivent et Silvia les installe en leur expliquant le concept de l'établissement. Il y a un grand Afro-Américain avec une minuscule Chinoise. Et deux garçons d'une beauté frappante. Aux premiers, elle propose des *fettuccine* aux brocolis. Aux seconds, des *tagliatelle* au jambon cru et aux petits pois.

20 h 15

Toujours pas de Gena. Silvia circule entre les tables, remplit les carafes d'eau, vérifie que rien ne manque. Les habitués et les clients de passage se régalent. Silvia n'aime pas les *penne*, quand elle était petite elle croyait qu'elles avaient « de la peine », qu'elles pleuraient.

— J'ai quelque chose de très important à vous demander, dit-elle gravement à son père et à Julian. Ce soir, ne sortez pas du restaurant avant la fin du service, à aucun prix ! Tom, je te charge de veiller sur Julian. Raffaella, surveillez Jacopo. Je vous expliquerai pourquoi plus tard. Faites-moi confiance, d'accord ?

Ils promettent, intrigués.

— Cet écrivain néo-zélandais dont tu as tant aimé le roman, il t'a répondu ? demande-t-elle à Julian.

Il secoue la tête.

— Tu as pensé à poster le chèque des impôts, papa ?

Jacopo a oublié, il s'en occupera demain.

20 h 40

Jacopo lance un coup d'œil à Silvia, qui éteint les lumières de la salle. Le noir se fait, les conversations s'arrêtent. Jacopo entre, portant le *tiramisu'* sur lequel il a planté sept grandes bougies et cinq petites. Le père des petits garçons entonne « Joyeux anniversaire » et Tom fait chorus. Silvia a des papillons au creux de l'estomac.

Raffaella, rose de plaisir et les yeux brillants, souffle ses bougies et annonce à la cantonade que toutes les personnes présentes doivent goûter son gâteau. Depuis l'enfance elle se méfie des sentiments et de l'alcool, ce soir elle a envie de boire et d'exprimer sa joie. Elle n'a plus la vie devant elle mais elle n'a pas encore la mort en face. À son âge on peut tomber le masque, on n'a plus de temps à perdre. Radieuse, elle circule entre les tables et distribue les parts de dessert.

Les anniversaires, comme Noël ou Thanksgiving, sont des concentrés de famille, des condensés d'enfance, des blessures rouvertes. Il manque forcément quelqu'un.

Raffaella a de bons souvenirs des siens, sa mère jouait sur le piano à queue Pleyel, son père la levait haut à bout de bras en disant : « Tu es ma Formule 1 préférée, mon adorable petit bolide ! »

Tom, lui, changeait trop souvent d'école à cause des tournages pour avoir des amis qu'il aurait pu inviter à souffler ses bougies. Aux anniversaires de Julian, son père cassait la gueule d'un autre hooligan sur un stade tandis que sa mère maudissait le ciel d'avoir été enceinte. Et depuis ses dix ans Silvia ne les fête plus.

— Je suis heureuse d'être ici ce soir, dit Raffaella, rayonnante.

Tom se crispe. Jacopo se fige. Julian et Silvia ont l'air de deux lapins pris dans la lueur des phares.

Jacopo inspire à fond puis s'avance en s'essuyant les mains sur son tablier. Mais Silvia secoue la tête pour l'en dissuader.

Jacopo se ravise et se donne une contenance en découpant le reste du gâteau.

— Elle a pas douze ans, la dame, pourquoi y a douze bougies, elle triche ? demande un des petits garçons à son père.

— Raffaella… murmure Jacopo, rassemblant son courage.

Silvia secoue à nouveau la tête. Pas ce soir, pas le jour de son anniversaire, pas ici, en public, dans cette robe. Pas devant le *tiramisu'*. En italien, *tira mi su'* signifie « tire-moi en haut », donc remonte-moi, ou plus poétiquement emmène-moi au paradis. Silvia préférerait que Raffaella, foudroyée par l'annonce de la mort de Flavio, ne suive pas l'exemple de Maria. *Amore & Pasta* est un restaurant, pas une morgue.

— Raffaella… poursuit pourtant Jacopo.

— Raffaella, vous êtes vraiment très élégante ! s'écrie Silvia.

L'Italienne incline la tête avec grâce.

— Je me suis habillée en votre honneur. J'ai mis cette robe pour la première fois le jour où j'ai organisé une grande fête à Rome autour d'une œuvre de Flavio. Il y avait des bougies dans le jardin et devant chaque fenêtre, il ne manquait que lui !

Elle raconte qu'il y a cinquante ans, quand elle a reçu une invitation pour le premier vernissage parisien du sculpteur, elle a voulu acheter une statue pour l'aider. Elle a contacté son galeriste par téléphone mais aussitôt qu'elle s'est présentée l'homme a expliqué qu'il avait pour instruction de refuser son argent.

— Flavio avait besoin de gagner ses galons d'artiste et de me prouver qu'il pouvait réussir. Il craignait que je ne l'aide par pitié.

Tom hoche la tête.

— Il y a dix ans, ajoute-t-elle, la statue sur l'invitation me ressemblait étrangement. Je me suis débrouillée pour l'acheter en utilisant un intermédiaire. La statue, comme convenu, a été livrée en Italie chez un voisin. Mais dans la caisse il y avait une lettre de la banque précisant que le virement avait été annulé et recrédité. Et une carte de visite avec écrit : « En hommage de l'artiste… heureux qu'elle soit chez toi. » Vous l'avez compris, Flavio me l'avait offerte. Alors j'ai organisé cette fête pour lui, sans lui. J'ai continué à lui envoyer mes orchidées. Et il a continué à m'envoyer ses invitations.

Julian, Silvia, Jacopo et Tom sont tétanisés.

20 h 55

Le cœur de Silvia s'emballe, elle a les mains moites et ses jambes flageolent. Hier, à 21 heures, elle a vu Julian mort.

En face d'*Amore & Pasta*, deux femmes voilées discutent sur le trottoir, l'une tient la main d'un petit garçon brun de quatre ans en pull vert, qui a un ballon rouge sous le bras. Il tend les doigts vers l'olivier de la jarre la plus proche, saisit une poignée de feuilles. Du coup le ballon lui échappe, il tombe, rebondit, roule dans la rue. Sa maman n'a rien remarqué, trop absorbée par sa conversation.

L'enfant brun lui lâche la main et court après le ballon. Il s'élance sur la chaussée, les yeux rivés sur la sphère rutilante qui ressemble à un gros bonbon. Il court avec ses petites jambes maladroites, sans voir la voiture blanche avec un caducée derrière le pare-brise qui arrive au même moment.

Le conducteur aperçoit l'enfant, écrase le klaxon, freine, part en dérapage, donne un coup de volant. Puis s'encastre dans une grosse berline grise garée de l'autre côté de la rue.

Le ballon finit sa course dans le caniveau.

La maman ne voit plus son enfant.

Elle hurle :

— Saliiiiiiim !

21.

À l'intérieur du restaurant, tout le monde a entendu le klaxon puis le choc et surtout le cri glaçant de la femme.

Julian, Jacopo, Raffaella, Silvia et les deux couples de clients se précipitent dehors. Tom, impuissant, reste rivé à sa chaise alors que sur les tournages, lors des accidents du travail, il était le premier à s'élancer. Le père divorcé prend un ton autoritaire pour interdire à ses fils de se lever et il remercie mentalement Dieu que ses propres enfants n'aient rien.

Le petit garçon brun au pull vert est allongé par terre. Julian se penche, se raidit pour se préparer à l'inacceptable. L'enfant est roulé en boule. Il a les yeux clos. Il ne bouge pas. Il n'a aucune blessure apparente.

— Tu m'entends ? lui demande Julian d'une voix étranglée en s'agenouillant près de lui. Ne bouge pas. Tu as mal quelque part ?

Salim se met à pleurer.

— Ne bouge surtout pas, ordonne Julian. On va s'occuper de toi, tout va aller bien…

Mais Salim se redresse, fond littéralement dans ses bras et s'y accroche. Il n'a rien, c'est un miracle. La voiture ne l'a même pas touché.

— Mon ballon ! gémit-il.

Julian cherche des yeux la maman que l'autre femme voilée retient sur le trottoir. Il hoche la tête. La femme comprend, lâche la mère qui accourt, éperdue, arrache son fils des bras de Julian et le serre contre elle en sanglotant.

Thierry Serfaty, le médecin qui conduisait la voiture blanche, est juste sonné.

— Ce môme s'est jeté devant mes roues, je n'ai rien pu faire ! Je l'ai heurté ? s'écrie-t-il, affolé.

— Il a l'air d'aller bien, tente de le réconforter Raffaella.

Thierry respire mieux. Son cou est douloureux mais il n'a rien de cassé. Il déboucle sa ceinture, sort avec l'aide de Jacopo. L'avant gauche de sa voiture est plié, on dirait un mille-feuille écrasé à l'intérieur du carton de la pâtisserie.

On rit, pour évacuer la tension.

On rit, parce qu'on a évité le pire. À l'intérieur du restaurant, le père des apprentis Jedi armés de *grissini* laser rassure Tom, il y a plus de peur que de mal, ce n'est que de la tôle froissée.

On rit, la mère pleure de bonheur en étreignant son enfant dont les larmes coulent par mimétisme.

Silvia lève un regard reconnaissant vers le ciel. Elle a réussi ! En gardant les deux hommes dans le même endroit elle a changé le cours des choses, tout va rentrer dans l'ordre, la vie reprendra comme avant. Julian va partir à Venise, elle le rejoindra chaque fois que le restaurant sera fermé, elle prendra le train de nuit et il viendra l'attendre à la gare avec son sourire craquant et son corps souple.

Salim trouve que sa mère le serre trop fort, il gigote vainement pour lui échapper, entrevoit le ballon rouge dans le caniveau, tend la main. Julian s'en aperçoit et s'écarte du groupe pour le lui rapporter. C'est à cet instant que la Porsche Cayenne surgit au bout de la rue.

Édouard, le jeune homme qui la conduit, n'en mène pas large ; ses parents sont partis en week-end à Saint-Tropez et en leur absence il a emprunté la voiture de son père pour frimer et reconduire sa petite amie. Mais il s'est perdu dans ce quartier populaire loin de Neuilly-Auteuil-Passy, les immeubles sont plus gris, les voitures moins brillantes, il y a des inscriptions en langue étrangère sur les devantures, il a le sentiment d'avoir passé une frontière, pénétré dans un autre pays.

La voiture est trop grande, trop haute, trop large, trop neuve. Édouard n'a son permis que depuis un mois. Il a mal suivi les indications du GPS, il est complètement paumé et il n'a qu'une trouille, abîmer la Porsche. Son père le tuera s'il revient avec une éraflure sur la splendide carrosserie noire. Il donne des coups de volant désordonnés, tout ce qu'il désire, c'est rentrer chez lui sans encombre, ranger la voiture au garage à côté du cabriolet Mercedes de sa mère, se glisser dans ses draps et rêver à la douceur affolante de la peau de Leïla.

Il débouche dans la rue, il aperçoit l'attroupement et il panique. Il remarque la voiture blanche en travers de la chaussée, encastrée dans la berline grise. C'est cela qui le frappe, la berline éventrée, sa portière bousillée. Il pense à un guet-apens, un traquenard, il sait que certains voyous opèrent de cette façon, ils forcent un conducteur à s'arrêter sous un faux prétexte et ils le tabassent pour lui voler sa voiture. Dans ce quartier bizarre tout est possible, mais il ne se laissera pas faire. Il ne s'arrêtera pas, on ne lui piquera pas la Porsche, il va oublier Leïla, accepter de sortir avec Marie-Charlotte, elle est moche et coincée mais au moins elle habite à l'étage au-dessous.

Édouard allume ses phares et accélère, décidé à forcer le passage, ces gens ne sont pas kamikazes, ils se pousseront forcément…

Silvia entend le moteur rugir et voit luire les yeux de l'énorme scarabée noir. Son sourire s'efface. Elle cherche ses hommes du regard. Son père est avec Raffaella à côté de la voiture blanche. Julian… Où est Julian ?

Là, sur l'autre trottoir, il se baisse pour ramasser le ballon, il va retraverser, couper la route de la Porsche.

Elle hurle :

— Noooooooon !

Comme une flèche, elle jaillit, fuse, gicle vers Julian. Elle a crié, il l'a entendue, il a levé la tête, remarqué la voiture.

Silvia le percute alors que la Porsche n'est qu'à deux mètres d'eux et ils s'affalent à la renverse sur le trottoir, sains et saufs. Elle a évité le sur-accident, l'accident qui survient à la suite d'un accident antérieur comme les carambolages en chaîne sur l'autoroute.

Enfin, c'est ce qu'elle croit.

Elle a hurlé pour alerter Julian. Et Jacopo a reconnu sa voix. Aussitôt, il a compris son intention. Mais il n'a ni le même âge qu'elle ni les mêmes réflexes. Avec ses jambes et son souffle court, lui n'aurait pas le temps de bondir pour repousser Julian. Son cerveau lui indique donc que sa fille est en danger. Et son instinct lui commande de s'interposer entre elle et le péril.

C'est plus fort que lui, cela vient de loin, de toujours, de ce jour où il a rencontré Maria pour la première fois dans ce village italien, et où il a deviné avec une acuité saisissante qu'elle serait sienne. De cette soirée où il lui a demandé sa main en lui offrant une rose, son porte-monnaie ne lui permettait pas plus. De ce matin où ils sont arrivés à Paris en voyage de noces la main dans la main, où ils ont visité la tour Eiffel, où ils ont dévoré leur premier croissant, où il lui a proposé de rester en France et juré qu'il la rendrait heureuse. De cette nuit où Silvia est née et où il a promis à sa femme qu'il les protégerait toutes les deux.

Salim a voulu rattraper son ballon. Thierry a voulu l'éviter. Édouard a voulu échapper aux foudres de son père. Julian a voulu apaiser l'enfant en lui rendant le ballon. Silvia a voulu sauver Julian. Jacopo a voulu protéger sa fille…

La Porsche noire le cueille au coin de son aile. Et Jacopo s'envole avec grâce, sagesse, force et beauté, ainsi que dans les rêves. Il décrit une parabole juste et parfaite. Il plane au-dessus des contingences matérielles, Raffaella et sa désespérance, Tom condamné à l'obscurité, Julian voué à l'errance, Silvia engluée dans son enfance. Il survole la bouteille de grappa, la flasque de whisky, la cave où dorment les bouteilles de vin, le Frigidaire où frissonne le *limoncello* glacé, le placard où patiente le Grand Marnier des desserts. Il surplombe, aérien, ce qui reste du *tiramisu'* d'anniversaire.

Puis, soumis aux lois de la pesanteur, il retombe. Même pas peur, même pas mal. C'est cela qui l'étonne. La Porsche devait rouler moins vite qu'il n'y paraissait. C'est une bénédiction.

Il cherche à se rappeler la chanson de Jacques Brel que Maria fredonnait autrefois. Il retrouve les paroles perdues : *Ainsi certains jours paraît une flamme à nos yeux, à l'église où j'allais on l'appelait le bon Dieu, l'amoureux l'appelle l'amour, le mendiant la charité, le soleil l'appelle le jour, et le brave homme la bonté.*

Il a encore le temps de se demander comment il l'appellerait, cette flamme : Maria ? La tendresse ? Le destin ? Le hasard ?

Il sait, brusquement. Il est au centre du cercle. C'était donc cela ? Il a envie de rire. Il ne se doutait pas…

Tout disparaît.

— *Aiuto !*

Silvia appelle à l'aide en italien. Elle crie si fort que sa voix se casse. Elle n'a pas réfléchi, la langue natale de Jacopo lui est venue spontanément aux lèvres, telle une supplication.

Gena Meyer apparaît au coin de la rue, et Silvia

comprend soudain qu'elle est une des trois Parques romaines, ou une des trois Moires grecques, bref, une des sœurs filandières qui personnifient le Destin.

Elle a appris leur noms à l'adolescence quand elle dévorait les ouvrages de mythologie. Les Grecs les appellent Clotho, Lachésis et Atropos. Clotho file les jours et tient le fil des destinées humaines, Lachesis enroule les fils sur le fuseau et tire les sorts, Atropos l'inflexible coupe avec ses ciseaux le fil de la vie de chaque mortel. Les Romains les nomment Nona, Decima et Morta. Elles habitent un palais sur l'Olympe où les destins des hommes sont gravés dans le fer et l'airain. Ce sont les *Tria Fata*, les trois fées.

Gena joue tous les rôles à la fois. Silvia chancelle.

Les autres se précipitent vers le corps de Jacopo, mais Silvia ne les imite pas. Les autres ne peuvent comprendre pourquoi elle se détourne et part dans l'autre direction.

Au bout de quelques mètres ses genoux fléchissent, ploient. Julian, qui l'a suivie, la soutient. Dans son désespoir, elle se tourne vers Raffaella et lui crie sur un ton de reproche :

— Je vous avais suppliée de le surveiller et de l'empêcher de sortir… J'avais confiance en vous !

Raffaella écarquille les yeux. Elle ne se souvient pas. Elle ignore de quoi parle Silvia. Julian aussi, Silvia s'en rend compte. Elle accuse Raffaella mais c'est elle-même qu'elle déteste. Elle rejette la faute sur l'Italienne pour supporter la douleur qui l'étreint et lui brouille les idées.

Gena s'approche et dit à Julian :

— Je vais m'occuper d'elle.

Julian accepte avec reconnaissance, Gena est psychiatre, elle saura aider Silvia. Il la lâche. Elle se raidit et recule.

— Vous êtes laquelle ? Clotho ou Atropos ? Nona ou Morta ?

— Je ne sais même pas tricoter, répond Gena.

Thierry Serfaty s'agenouille auprès du blessé. Il est médecin légiste, ses patients habituels sont morts depuis belle lurette, celui-là est peut-être encore vivant, c'est très perturbant pour lui.

— Il est docteur, écartez-vous ! dit Raffaella, qui a repéré le caducée sur le pare-brise.

Thierry cherche maladroitement la carotide du blessé du bout de l'index et du majeur. Au cours de ses études il a travaillé à l'hôpital mais les malades parlaient, bougeaient, se plaignaient, aucune retenue, aucune élégance. Au moins, maintenant, quand il les autopsie, ses patients sont discrets, dignes, propres et glacés. Alors que l'homme couché au milieu de la rue est chaud et que son sang coule, quelle horreur !

Les deux femmes voilées contemplent la scène avec effroi, la mère de Salim lui cache les yeux de son bras. Le grand Afro-Américain et la frêle Chinoise se tiennent par la main. Les deux garçons sublimes proposent leur aide. Thierry, qui a toujours préféré la médecine légale à la chirurgie, relève la tête :

— Quelqu'un a appelé les secours ?

On a composé le 15 pour prévenir le SAMU. L'ambulance de réanimation arrive bientôt, gyrophares allumés et sirènes hurlantes. Trois blouses blanches en jaillissent, un homme et deux femmes. Aucun n'est chauve, seule la rousse porte des lunettes.

Les blouses blanches s'affairent autour du corps de Jacopo, on lui place un masque sur le visage, on lui appuie en rythme sur la poitrine pour faire redémarrer son cœur, on lui pose des palettes sur le thorax.

— Attention, on s'écarte… je le choque ! prévient le médecin, une rousse dynamique un peu boulotte.

Silvia pense aux feuilletons *Urgences* et *Grey's Anatomy* dont elle ne visionne toujours que la dernière demi-heure, quand on tient un restaurant, on rate les programmes télévisés diffusés en prime time juste après le journal. Le corps de son père tressaute sous l'impact du courant électrique, elle le ressent jusque dans la moelle de ses os comme si c'étaient les fibres de son propre muscle cardiaque qu'on stimulait.

— Asystolie, dit la rousse. On charge et on réessaye ! Vous êtes prêts ? Attention, on s'écarte…

Silvia sait que c'est peine perdue.

Au bout d'un moment, la rousse capitule.

— C'est fini, dit-elle gravement. On a fait tout ce qui était en notre pouvoir, je suis désolée…

Silvia s'agenouille, touche le corps de son père, il est si terriblement immobile qu'elle tremble.

— Il n'est pas mort, balbutie-t-elle.

— Il l'est. Je suis désolée, répète la rousse, qui la croit choquée.

Silvia secoue la tête. Gena lui a promis que rien n'était définitif avant le troisième jour.

Thierry s'écarte, le blessé est enfin devenu un patient comme il les aime.

— Père va me tuer, souffle Édouard, blanc comme un linge. J'ai bousillé l'aile de sa Porsche…

22.

Pour la deuxième fois, Silvia se retrouve seule avec Gena Meyer dans sa chambre de jeune fille au-dessus du restaurant. Elle est allongée sur son petit lit à une place, sous la couette fleurie. Gena ouvre sa mallette, y pêche une ampoule de liquide jaune et une seringue en plastique jetable…

La psychanalyste lui tourne le dos. Silvia n'est pas traumatisée, elle est en colère.

— Il n'est pas mort, n'est-ce pas ? vérifie-t-elle d'un ton agressif. C'est comme hier, une projection, une esquisse ? Je le reverrai vivant demain ? C'est encore un de vos tours de sorcière ?

Elle a accepté de remonter dans l'appartement à cause de cela. Parce que ce n'est pas vrai. C'est terrible, affreux, mais virtuel. Elle s'était crue très forte en gardant les deux hommes en un même lieu, le destin a déjoué ses ridicules petits plans.

— Il n'est pas mort, acquiesce Gena, concentrée sur son ampoule dont elle brise le capuchon.

— Vous pourriez me regarder quand je vous parle, gronde Silvia. Sans moi vous ne seriez pas là ! J'aurais dû vous laisser claquer…

Elle serre les poings, brusquement prise d'une pulsion qui l'effraie, un raptus qu'elle a presque du mal à contrôler.

Dans les romans policiers on frappe la victime avec un objet contondant, elle n'a que l'embarras du choix ici, la lampe, le vase, la vierge en bronze de Maria, ce serait si facile.

— N'y pensez même pas, dit Gena, le dos tourné. Je suis coriace et je sais me défendre.

— Vous avez des yeux derrière la tête ?

— Non, mais je suis psychologue. Je parle de la qualité, pas du métier.

Gena pivote et lui fait face.

— Ce n'est pas votre faute, dit-elle.

Silvia fronce les sourcils.

— Depuis deux jours, je suis coupable de tous les malheurs du monde, alors il vaut mieux préciser. Ce n'est pas ma faute si Julian est tombé par la fenêtre ? Si mon père a été renversé par une Porsche ? Jusqu'à demain, je suis aussi innocente que l'agneau qui vient de naître ? Je n'ai pas encore leur sang sur les mains ?

— Nous en reparlerons, dit Gena en s'approchant, la seringue à la main. C'est du Valium, ça va…

— … m'aider à dormir, je sais. C'est reparti pour un tour. Faites ce que vous jugez bon. Au point où j'en suis, échapper à la réalité est un soulagement.

Elle se laisse piquer. Le Valium est gras et la brûle.

Elle se jure de ne plus jamais aider personne. Les gosses pourront crever, les vieux agoniser, les chiens et les chats se faire aplatir comme des pizzas, elle ne lèvera plus le petit doigt. Elle a déjà donné. Elle a déjà tué.

Le Valium se répand à travers son organisme. Les mêmes causes produisant les mêmes effets, les images se mêlent, se distordent, se déforment. La voiture blanche défonce la berline grise, le petit garçon brun au pull vert se blottit dans les bras de Julian, la Porsche Cayenne arrive à toute blinde, et Jacopo s'envole…

23.

Quand Silvia rouvre les yeux, elle est toujours dans le même petit lit à une place. Le fauteuil bleu, la commode, la porte et la fenêtre n'ont pas changé. Mais certains détails diffèrent, et ce ne sont pas les mêmes que lorsqu'elle s'est crue projetée dans un avenir où Julian n'existait pas.

La couette n'est plus fleurie ni bleu uni mais à motifs géométriques. Le vase sur la commode n'est plus carré ni rond mais rectangulaire. Le panier en osier de Gorgonzola est remplacé par un coussin rouge où dort un chaton gris aux yeux jaunes.

Gena est partie. Julian, assis devant la table, dort devant son ordinateur, la tête contre ses bras repliés.

Silvia se lève, avance, pieds nus, vers la fenêtre.

Dans la vitre, elle aperçoit le reflet d'une femme très ronde au regard éteint et aux cheveux ternes. Elle soupire, moins à cause des kilos que sous le poids de la fatalité. Elle ne se retourne même pas pour regarder qui c'est, elle connaît déjà la réponse.

La femme de la vitre a une alliance à l'annulaire gauche. Son corps est mou et flasque. Elle porte une gandoura bleu électrique. Elle n'a pas d'âge. Elle n'a pas d'étincelle. Elle n'y croit plus.

Silvia déglutit avec peine. C'est étrange de se mouvoir avec vingt kilos de plus, cela demande un effort, elle a le sentiment de s'extraire d'un marais à chaque pas.

Le chaton miaule, elle s'approche pour le caresser. Il miaule plus fort et elle entend du bruit dans la pièce à côté, quelqu'un marche dans la chambre de Jacopo. Elle est prise d'un immense espoir : c'est lui, il est là, elle a réussi à les sauver tous les deux, elle a gagné ! Elle rit tout haut, et Julian se réveille en sursaut. À l'inverse d'elle, il a perdu du poids. Son front est barré par une profonde ride horizontale, aucune ridule de sourire n'entoure sa bouche. Il porte des lunettes cerclées d'acier qui lui donnent l'air sérieux. Il est toujours aussi craquant, aussi blond, aussi souple. Il regarde sa montre.

— Je dois aller au journal, je suis déjà en retard, dit-il en repoussant sa chaise.

Donc, il est journaliste. Ils se sont mariés. Et il est resté à Paris. Elle acquiesce en se demandant ce qui la gêne. C'est bien Julian, c'est en effet sa voix, son corps, mais il y a quelque chose de bizarre.

— Jacopo ? crie Julian.

Elle se pétrifie. Elle n'a donc pas rêvé le bruit dans la pièce voisine.

— Jacopo ? répète Julian.

Elle esquisse un geste tendre vers lui pour le toucher, mais son visage se crispe et il recule afin d'éviter son contact. Elle s'en étonnera plus tard, il y a plus urgent.

— Jacopo est vivant ? souffle-t-elle.

Julian pâlit.

— Qu'est-ce que tu dis ?

— Jacopo n'est pas mort, j'ai bien entendu ?

Elle rit aux anges, son corps massif tressaute dans le mouvement, elle sent ses seins danser pour la première fois de son existence, c'est assez agréable bien que pesant. Dans cette configuration le bonheur est donc possible ?

— Tu es folle, ma parole ! bredouille Julian.

Sa voix claque, sèche. Et Silvia comprend brusquement ce qui la perturbe. La tendresse, il manque la tendresse. Et l'amour. Il lui parle comme s'il la détestait. Non, pire encore : comme si elle lui était indifférente.

La porte s'ouvre. Un enfant apparaît, réplique de Julian en plus jeune, la même blondeur ébouriffée, le même côté british. Il est chétif et triste. Un petit garçon sans joie qui tient une valise écossaise.

Silvia le dévisage.

Serait-ce… ?

— Te voilà enfin, Jacopo ! s'écrie Julian, soulagé. Je dois repasser au journal, il faut qu'on se dépêche, ensuite on ira dîner au restaurant.

— Avec *elle* ? lance Silvia, agressive.

Les mots sont venus tout seuls à ses lèvres, comme si elle pressentait l'existence d'une rivale. Elle a l'impression d'être un paquebot trop grand pour jeter l'ancre dans le port. Les humains ne sont pas tous semblables, il y a des culs de bourdon et des tailles de guêpe, des ronds dynamiques sexy et des minces mous repoussants. Mais la Silvia qu'elle est devenue est avachie, usée, navrante, elle se laisse aller comme la femme de la chanson d'Aznavour. Comment Julian et elle peuvent-ils faire l'amour ensemble ?

La réponse est évidente, ce n'est plus d'actualité. Du moins, pas en ce qui concerne Julian et elle-même. Parce qu'il étreint une autre femme, qui est sa maîtresse. Et cette pensée remplit Silvia d'une rage froide.

— Avec *elle* ? répète-t-elle en frissonnant.

— On s'était mis d'accord, Silvia : jamais devant lui… murmure Julian en désignant discrètement le petit garçon.

— Mon père est mort ? demande-t-elle.

Julian la contemple avec stupéfaction.

— Il y a dix ans, bien sûr.

— On est en quelle année ?

Le petit garçon répond à la place de Julian.

— On est en 2018, maman !

Elle frémit. C'est la première fois de sa vie que quelqu'un l'appelle maman. Elle répète le mot dans sa tête. Maman.

— Merci, Jacopo, dit-elle à l'enfant avec toute la douceur dont elle est capable.

Ce sont ses premières paroles à son fils. Il a hérité de ses yeux bleus. Elle tremble, ses muscles se tétanisent, elle a du mal à respirer. Apprendre qu'on est mère avec dix ans de retard, cela flanque un sacré choc.

— Nous avons un fils ! dit-elle fièrement à Julian.

Pendant quelques secondes, la joie intense qu'elle en éprouve éclipse presque la réalité de la mort de son père. Puis cela revient comme un boomerang et cela la dévaste.

— Oui, dit Julian, impassible.

Elle sait, à cet instant précis. Elle devine tout ce qui est advenu ces dix dernières années. Son fils a été conçu en 2008, la veille de la disparition de Jacopo. Si son père n'avait pas été renversé par la Porsche, Julian serait parti à Venise. Si elle n'avait pas été enceinte, Julian l'aurait quittée. Mais ces deux événements se sont conjugués, une vie pour une mort, et il est resté. Il est devenu un grand journaliste. Silvia est devenue une maman. Mais elle ne se pardonne pas d'avoir causé la mort de son père, ça la tue à petit feu plus sûrement que les pizzas dont elle se nourrit, et ça a tué leur amour.

Du coup, forcément, Julian la trompe.

Il la trompe mais c'est un père merveilleux, tout le contraire de son géniteur décédé récemment d'un coup de couteau à l'issue d'un putain de match. Julian est retourné à Londres pour la mise en bière d'un père qui a passé sa vie à se pinter à la Guinness, c'est cocasse.

— Allons-y, dit-il en mettant une main protectrice sur l'épaule de leur fils.

— Attends ! s'écrie Silvia.

Il se retourne.

— Quoi, encore ?

— Que devient Tom ? demande-t-elle.

Il fronce les sourcils, incrédule.

— Tu te fiches de moi ?

— Je te jure que non.

— Je ne sais pas à quoi tu joues, Silvia, dit-il d'un ton sec. Après la mort de ton père, tu as déprimé et fermé le restaurant. Tom est rentré en Amérique, il a écouté un charlatan qui prétendait lui rendre la vue, il s'est entêté. Le type l'a opéré. Depuis il est comme un légume. Il ne voit plus, il ne parle plus, il n'a plus d'émotions, il vit dans une clinique, sur une chaise roulante, hébété. On a fait le voyage exprès, il n'a même pas reconnu nos voix. Tu étais là. Pourquoi retourner le couteau dans la plaie ?

Elle se mord la lèvre inférieure.

— Et le restaurant ?

— Mais enfin, qu'est-ce que tu as aujourd'hui ? Tu sais bien que tu l'as vendu à un libraire !

D'accord. *Amore & Pasta* n'existe plus sans Jacopo.

— Et Raffaella ? murmure Silvia.

Julian lève les yeux au ciel.

— Elle était si bouleversée par la mort de ton père qu'elle est rentrée à Rome sans essayer de revoir Flavio. Elle est morte l'année dernière, on a reçu un faire-part, tu as même envoyé des orchidées. À quoi rime cet interrogatoire ?

Elle soupire.

— Et Gena Meyer ?

— Disparue. Envolée. Un matin, sa plaque était déclouée, son cabinet vidé. C'est un mystère. Des bruits ont circulé comme toujours dans ces cas-là, on a prétendu qu'elle avait tout vendu pour s'acheter une Ferrari…

Silvia baisse la tête. Archeos *alias* Morta a réintégré son Olympe. Il n'y a plus personne. Ils se sont éparpillés, volatilisés. Gorgonzola aurait douze ans.

Est-ce que ?…

— Il est adorable, ce chaton, dit-elle prudemment.

— T'étais si triste que Gorgonzola se soit échappé, dit l'enfant de sa voix claire. On a pris Parmesan pour te consoler, maman !

Le mot sonne doux à ses oreilles. Elle met la main sur son cœur, s'en étonne, comprend que c'est un geste familier, peut-être que les kilos en trop l'essoufflent.

Elle croise le regard de Julian. Il redevient un instant l'ancien complice qui la comprenait au quart de tour. Un chien qui a partagé votre existence pendant douze ans ne s'échappe pas, elle n'y croit pas une seconde. Elle devine qu'ils ont été obligés de faire piquer leur vieux compagnon et qu'ils ont préféré mentir à leur petit garçon pour ne pas l'attrister.

— On peut y aller, maintenant ? dit Julian.

— Je vais vous accompagner, décide Silvia.

Elle vient d'apercevoir, encadrée au-dessus de la commode, la photo de Jacopo et Maria en voyage de noces qui était autrefois accrochée dans la cuisine d'*A & P.* Ils souriaient à l'avenir. C'est fini, Silvia n'a plus à protéger son père, il ne risque plus de rechuter. Elle lève les yeux vers l'armoire. La bouteille de grappa qui y trônait a disparu.

— Je vous accompagne, répète-t-elle.

Elle cherche déjà machinalement des yeux un manteau ou une veste. Le père et l'enfant la regardent, médusés.

— Mais maman, murmure le petit garçon, y a la nouvelle femme de papa au journal ! T'avais dit que tu voulais pas lui parler, t'as changé d'avis ? Et puis tu sais bien que j'habite plus ici ? Je reviendrai te voir dans deux semaines…

Silvia se raidit. Julian dit d'une voix douce :

— Je suis désolé, Silvia, tu connais l'ordonnance du juge, tu as un droit de visite deux fois par mois. Notre fils n'est pas responsable de nos dissensions. C'est pour ça que j'ai exigé sa garde. Ce n'était pas contre toi, mais pour lui. Je sais ce que c'est qu'une enfance triste. Il mérite mieux. Nous lui devons bien ça. Ce n'est pas ta faute, tu n'es plus la même depuis la disparition de ton père. J'ai essayé de t'aider avec tout mon amour mais tu étais infernale. Jacopo n'avait pas à supporter ça. Ce n'était pas juste.

Silvia est terrassée. Julian et Jacopo ne vivent donc plus avec elle. Une autre femme lui a volé son mari et son fils. Son père est mort parce qu'elle a sauvé Julian qui, désormais, étreint une inconnue. Il n'y a plus ni amour, ni pâtes, ni restaurant. Il y a, en bonus, un petit garçon anxieux écartelé entre ses parents.

— Tu m'embrasses, Jacopo ? supplie Silvia.

L'enfant se serre contre elle, chaud et maigre et tendre, elle découvre son odeur, elle voudrait le serrer très fort mais elle craint de lui faire peur ou mal. Elle le hume, elle le respire, elle le touche, elle ferme les yeux et se remplit de cette sensation nouvelle et merveilleuse, c'est elle qui a engendré cette beauté, cet enfant splendide et parfait. Quand elle le lâche, elle a l'impression qu'on lui arrache la peau.

Julian empoigne la petite valise écossaise, pousse l'enfant devant lui et referme la porte.

Silvia a le réflexe de s'approcher de la fenêtre, elle doit effectuer souvent cette succession de gestes, embrasser son fils puis se précipiter à la fenêtre pour lui dire au revoir. Il ne vit plus avec elle. Elle n'a même plus le droit de s'occuper de lui.

Le père et le fils sortent de l'immeuble et se dirigent vers une berline garée devant.

Le petit garçon lève vers la fenêtre un visage grave et agite la main droite. Puis il grimpe dans la voiture.

Julian aussi regarde en l'air, il écarte les bras, paumes vers le ciel, comme s'il regrettait.

Silvia se laisse glisser à terre et se met à sangloter.

Le chaton Parmesan, intrigué par ce bruit étrange, roule à bas du coussin rouge et s'approche. Silvia n'a plus que lui. Elle a perdu les trois êtres qu'elle aimait le plus au monde, Julian et les deux Jacopo. Elle a tout raté… tout raté… tout raté…

AMORE & PASTA, JEUDI

Plat du jour :
Spaghetti al tartufo d'Alba,
spaghettis à la truffe blanche

Dessert :
Gelato al tartufo, glace à la vanille et à la truffe

24.

Silvia erre dans un demi-sommeil.

On sonne.

Gorgonzola se met à aboyer.

Ce sont les chiens qui aboient, pas les chats.

— C'est Gena Meyer ! dit une voix féminine derrière la porte.

Silvia ouvre les yeux, regarde le plafond où le réveil électronique de Julian affiche l'heure, 09 : 15. Le plafond du studio de Julian au sixième étage sans ascenseur de l'escalier A. C'est reparti pour un tour !

Elle ne sourit pas, elle pousse juste un énorme soupir, l'enfer va recommencer ce soir.

Elle a perdu dix ans et vingt kilos en une seconde. Elle a perdu son fils aussi et cela lui serre le cœur, elle ne le reverra pas dans quinze jours comme le juge l'a stipulé. Ce n'était qu'une esquisse, une projection d'enfant, il ne s'est pas volatilisé puisqu'il n'est jamais né. Mais c'était son petit garçon.

Elle enfile à la hâte son jean et son chemisier, elle retrouve son ventre plat, ses seins trop petits et ses vingt-cinq ans.

Puis elle ouvre la porte.

Gena Meyer entre dans la pièce où Gorgonzola l'accueille avec des bonds et des jappements. Silvia renoue avec son corps et ses repères. Jacopo, Raffaella et Gorgonzola sont vivants, Tom n'est pas un légume. On est en 2008.

— Retour à la case départ ? demande-t-elle à la psychanalyste d'un ton fatigué.

Gena hoche la tête.

— Oui. Pour la dernière fois.

— Quand un noyé se débat on l'assomme pour lui sauver la vie, c'est pour ça que vous me démolissez l'existence en prétendant m'aider ? Si c'est votre façon de me vouloir du bien, je préfère que vous me vouliez du mal et qu'on en finisse…

— Il faut vous décider avant ce soir, rappelle Gena.

— Vous croyez que je l'ai oublié ?

— Non, je crois que vous espérez encore que Zorro va arriver.

Silvia se retient pour ne pas la hacher menu.

— J'ai essayé de les garder au même endroit et de les faire surveiller par les autres mais ça n'a pas marché !

— Vous ne pouvez ni les prévenir ni vous faire aider par un tiers, c'est la règle du jeu, réplique Gena, toujours impassible.

— Quel jeu ? rugit Silvia. Où voyez-vous un jeu ? Ce soir, celui qui mourra sera vraiment mort, n'est-ce pas ? Il ne se réveillera pas demain ? Il n'y aura plus de tour de passe-passe, aucune poudre de perlimpinpin, pas de quatrième chance. Ce sera pour de bon ?

La psychanalyste acquiesce.

— Vous avez eu le temps de réfléchir, on ne vous prend pas au dépourvu. Vous avez pu peser le pour et le contre, établir vos priorités. C'est fini. Vous devez choisir. Rien n'était définitif avant le troisième jour. Nous y sommes.

Quelque chose se brise soudain en Silvia, un désespoir infini la submerge.

Gena n'est ni une Parque ni une Moire, c'est à Silvia qu'on impose ce rôle. C'est elle qui doit couper le fil de la vie d'une des deux personnes qu'elle aime le plus au monde.

En même temps, elle éprouve un sentiment étrange. Tout est à refaire, l'enjeu funeste n'a pas changé, mais Julian l'aime à nouveau. Il ne reculera pas quand elle voudra le toucher, il la dévisagera avec du désir plein les yeux, le miracle se reproduira. Rien que pour ça, la journée vaut la peine d'être vécue.

C'est à cet instant que l'idée lui vient. Que, pour la première fois, une solution se profile…

25.

Gena est partie.

Silvia repense à la première nuit avec Julian et au matin qui a suivi. La nuit triche, les ombres embellissent, la lueur des bougies fausse, les laideurs sont gommées, mais au matin la lumière crue jaillit et ne pardonne pas, on découvre les imperfections des visages, les cicatrices des corps, les hésitations de l'âme, les lâchetés du regard. Silvia se souvient, comme si c'était hier, de sa jubilation à trouver Julian endormi à ses côtés. Il n'y a pas que les étreintes et les embrassades. Il n'y a pas que la jouissance, l'abandon final, le bonheur des corps. Il y a cette certitude infinie de l'amour, cette joie insensée d'avoir trouvé la personne juste, le frère, l'amant, l'ami, l'autre. Quand on est amoureux, on est imbattable, triomphant, magnifique.

Un monde où Julian est mort est une abomination. Un monde où Julian vit et ne l'aime plus est une géhenne…

Il faut qu'elle sorte avant son retour, elle se sent incapable d'affronter son regard pour l'instant. Elle attrape la laisse et descend avec le chien. Elle frémit en traversant la cour et en abordant la rue. Elle revoit les deux corps gisant sur le sol.

La rue est une rivière reflétant le ciel. Des piétons attendent au feu pour traverser. Silvia pense à la devinette enfantine de la chèvre, du chou et du loup auxquels il faut faire traverser la rivière en barque. Il n'y a qu'une place sur la barque. On ne peut pas laisser la chèvre et le chou ensemble sur une rive quand la barque s'éloigne, la chèvre mangerait le chou. Et si le loup et la chèvre sont ensemble quand la barque s'éloigne, le loup mangera la chèvre.

La solution est logique quand on la connaît, on doit prendre la chèvre et la conduire sur la rive droite. Puis aller chercher le loup et le mener sur la rive droite. Mais là il faut reprendre la chèvre et la ramener sur la rive gauche. Puis prendre le chou et le porter sur la rive droite. Et enfin aller rechercher la chèvre et la conduire sur la rive droite.

Silvia doit trouver une solution aussi logique pour sauver à la fois Julian et Jacopo et éviter que l'un des deux ne se retrouve sur l'autre rive du Styx, le fleuve des morts.

Il y a ce banc public à la peinture écaillée devant le numéro 9 de la rue adjacente. Il y a Raffaella, soixante-quinze ans depuis hier, assise bien droite, les pieds parallèles, le dos penché, les yeux rivés sur la porte cochère. Ses lunettes pendent au bout du ruban en velours noir, son visage est calme, aucune mèche blanche ne dépasse de son chignon, ses mains tavelées reposent à plat sur ses genoux. Elle patiente depuis plus de cinquante ans, elle n'est plus à un jour près.

Son bonheur est déjà dans l'attente. Elle n'est pas de ces êtres qui ont besoin de la réalité, aimer de loin lui suffit, son amour pour Flavio remplit sa vie. Oui, en un sens, cela l'a rendue heureuse.

Silvia, écrabouillée de peur et de tristesse, s'approche avec Gorgonzola.

— Je peux ? dit-elle en désignant le banc.

— Vous êtes mon invitée, répond Raffaella avec sa grâce coutumière, comme si elle la conviait à boire une coupe de champagne sur le pont de son yacht.

La rue est sale, moins qu'en Italie mais plus qu'aux États-Unis. Il y a des crottes de chien, un ticket de métro, un emballage de chewing-gum, des mégots de cigarette. La porte cochère du numéro 9 est bleu marine avec un heurtoir doré en forme de dauphin. Silvia s'assied. Gorgonzola se couche à ses pieds.

— Vous êtes là depuis longtemps ? questionne Silvia.

— Une heure, peut-être. Je viens toujours le matin, après mon café. Je ne voudrais pas rater Flavio. L'hôtel ne sert pas le petit déjeuner mais ma voisine, qui est camerounaise, en prépare pour sa famille et elle m'en offre…

Elle sursaute. La porte cochère vient de pivoter sur ses gonds. Une jeune femme vêtue d'une tunique jaune citron sort de l'immeuble, elle tient par la main une fillette en salopette rose. Silvia tressaille, c'est l'enfant impassible qui était dans l'appartement de Flavio. La jeune femme en jaune est sans doute la fille du sculpteur.

Raffaella, qui l'ignore, ne réagit pas. La mère et l'enfant s'éloignent. Silvia respire par à-coups. Flavio a eu une famille, il est mort entouré des siens, ses sculptures et sa descendance témoignent de son passage sur terre. Raffaella n'a pas eu cela mais elle a aidé des artistes dont les œuvres lui survivront ; à chacun sa postérité.

Silvia inspire à fond. Raffaella est seule, le moment est venu de lui apprendre la vérité. Elle est déjà assise et de toute façon rien ne peut atténuer le choc, il faut en passer par l'annonce, le coup de poignard dans le cœur, l'incrédulité, la fureur, la peine, les larmes, l'abattement, l'acceptation. Rien n'empêchera cela, la litanie et les supplications, tout le cortège de la douleur. Silvia l'a vécu très jeune, elle se souvient de chaque étape, de chaque plainte, de chaque colère devant l'inéluctable.

— Je n'ai pas voulu vous attrister hier soir… commence-t-elle.

Raffaella se méprend.

— En insistant sur mon âge ? Je vais vous confier un secret : j'ai soixante-quinze ans, c'est inscrit sur mon passeport, et pourtant j'ai l'impression d'en avoir quarante. Même si mon corps me rappelle à l'ordre, mon esprit n'a pas vieilli. Vous verrez quand vous atteindrez mon âge. J'ai traversé le siècle, j'ai vu tomber le rideau de fer, le mur de Berlin et les tours du World Trade Center. Mais au fond rien n'a changé.

Silvia grimace. Si, il y a un changement majeur : Flavio a désormais une veuve, qui n'est pas Raffaella.

— Je ne faisais pas allusion à votre…

Silvia s'interrompt, Raffaella vient de se raidir. Un homme est sorti de l'immeuble, grand, vigoureux, la petite cinquantaine. Il porte un long manteau noir, une cravate, un costume sombre, des chaussures élégantes, on dirait un banquier. Ses cheveux noirs et crantés sont moins fournis sur le sommet du crâne, il a un nez un peu fort.

— C'est lui… souffle Raffaella dont le visage a pris une teinte crayeuse.

— Lui ?

Silvia fronce les sourcils : est-ce que l'Italienne devient sénile ?

— Il est toujours le même, murmure Raffaella avec tendresse. Il perd ses cheveux, c'est normal, mais il a gardé sa silhouette de chat sauvage et ses yeux de velours…

Silvia est si jeune qu'elle est gênée d'entendre une femme de cet âge parler d'un homme avec cette gourmandise.

L'homme au long manteau noir s'arrête, tâte ses poches, s'énerve, rebrousse chemin en continuant à chercher. Il s'immobilise, il a retrouvé son portable, il l'ouvre, pianote sur le clavier.

— Je suis en retard, prévenez que j'arrive, faites patienter ! ordonne-t-il d'une voix impérieuse.

— Je suis tombée amoureuse de sa voix tout de suite, dans l'escalier de la *Trinità dei Monti*, souffle Raffaella. Il était assis avec son carnet de croquis sur les genoux, il dessinait la *barcaccia*, la fontaine en bas des marches. Je me promenais avec un groupe d'amis, nous appartenions à la jeunesse dorée, ce garçon ne nous ressemblait pas, ses vêtements et sa coupe de cheveux étaient différents. Il m'a souri, il a fait mon portrait en quelques coups de crayon puis il a arraché la page et il me l'a tendue. Il avait l'air si joyeux sous le soleil. Comment résister à un homme heureux qui vous offre votre visage ?

Elle a fêté ses soixante-quinze ans hier mais elle a vingt ans lorsqu'elle évoque leur première rencontre.

— Il a vieilli, c'est obligé, mais beaucoup moins que moi. Imaginez-nous côte à côte, main dans la main. On pourrait me prendre pour sa mère ! ajoute-t-elle.

C'est un constat, pas une souffrance. Le temps l'a rattrapée mais elle se réjouit qu'il ait si peu marqué l'homme qu'elle aime.

Silvia sait que ce n'est pas Flavio, puisqu'il est mort et enterré. L'homme au long manteau noir fait vraiment plus jeune que Raffaella.

Elle sourit. Bien sûr, évidemment ! Il est le père de l'enfant en rose, donc le mari de la jeune femme en jaune. Flavio n'a pas une fille mais un fils, qui est son portrait et qui a la même voix que lui.

— Ce n'est pas… commence Silvia.

Mais Raffaella s'est dressée, tremblante. L'homme, qui parle toujours dans son portable, a levé les yeux dans sa direction mais son regard a glissé sur elle sans s'y arrêter, comme si elle n'existait pas. Il ne peut pas la reconnaître, puisqu'il ne l'a jamais rencontrée !

Raffaella vacille, s'agrippe au banc. La scène a duré à peine quelques secondes. L'Italienne est silencieuse, hébétée. Elle n'a plus de mots, le sang ne circule plus dans ses veines, ses jambes ne la portent plus, elle retombe sur le banc.

L'homme prononce encore quelques phrases, puis rempoche son portable et s'éloigne à grandes enjambées.

— Il ne m'a pas reconnue, bredouille Raffaella. J'ai changé, mais tout de même ! Il ne m'a pas reconnue. Je suis trop vieille pour lui. Ou plus assez belle. Ou il m'a oubliée. Je ne l'aurais jamais cru…

Silvia voudrait la prendre dans ses bras, la serrer très fort, lui crier que oui elle est encore belle, non elle n'est pas vieille. Oui elle a l'âge et l'aspect d'une grand-mère et c'est tant mieux, Flavio aussi devait avoir l'air d'un grand-père. Cet homme n'est pas lui mais son fils. Le fils d'une autre femme !

Pourtant, elle se tait. Qu'est-ce qui sera pire pour Raffaella ? Que Flavio soit mort ? Ou qu'il ne la reconnaisse pas parce qu'elle a vieilli ?

Silvia repense au Julian de 2018. Elle l'aime si profondément qu'elle n'a pas songé une seconde qu'il aurait mieux valu qu'il meure plutôt que d'en aimer une autre. C'est à cette aune que se mesure l'amour, préférer le bonheur de l'autre au sien propre.

— Ce n'est pas… répète Silvia.

Mais Raffaella lui coupe la parole.

— Non, dit-elle d'une voix étouffée. Plus un mot. J'ai cru qu'il avait besoin de moi, c'est pour cela que j'ai fait le voyage, mais je me suis fourvoyée. Vous voulez bien me raccompagner à mon hôtel ?

Elle a mille ans.

Silvia marche à son côté, impuissante à la consoler, hésitant encore sur la conduite à tenir. Julian saurait.

Deux jeunes femmes africaines en boubous bariolés, chargées de bassines en plastique, descendent l'escalier de l'hôtel lorsque Raffaella précède Silvia dans le hall. Il n'y a personne derrière le comptoir éraflé.

— La 7… souffle Raffaella.

Silvia flotte avant de comprendre que c'est le numéro de sa chambre. Elle attrape la clef au tableau.

— Vous pouvez me laisser, dit Raffaella en la congédiant du geste.

Elle se tient à la rampe et monte, courbée, à petits pas saccadés, elle n'a plus rien à voir avec la majestueuse septuagénaire d'hier en robe du soir et étole de fourrure.

Une des jeunes femmes en boubou s'arrête et demande en roulant les R :

— Ça ne va pas, Raffi ?

Raffaella secoue la tête. Elle voulait juste que Flavio la regarde avec la même lueur que jadis au fond des yeux. Cela lui aurait suffi. Elle serait rentrée à Rome satisfaite. Elle n'aurait même pas cherché à lui parler. Elle croyait qu'il l'appelait. Elle s'est trompée. L'homme de sa vie, en ne la reconnaissant pas, vient de l'anéantir.

26.

Silvia se retrouve seule dans la rue avec son chien. Elle veut se convaincre qu'elle a eu raison de se taire. Si elle lui avait annoncé la mort de Flavio, Raffaella aurait voulu rencontrer sa famille et la veuve n'aurait pas mâché ses mots. Croire que son amoureux ne l'a pas reconnue à cause de son âge est déjà affreux. Apprendre qu'il la détestait serait encore pire.

Gorgonzola lève ses yeux d'or vers Silvia, qui caresse sa tête soyeuse en songeant au vœu de Tom – des nappes douces au toucher sensuel et appétissant.

« Vous verrez quand vous atteindrez mon âge », a dit Raffaella. Silvia a eu un bref aperçu de 2018 sans Julian et de 2028 sans son père, elle s'est vue dans dix et vingt ans, elle ne s'est pas aimée.

L'idée de tout à l'heure continue à germer dans son esprit…

Sa liaison avec Julian ne remonte qu'à trois mois mais son amour pour lui se compte en années, tant il lui semble qu'elle n'a vécu qu'afin de le rencontrer.

Pour s'amuser, se défier, éprouver leur attachement, ils jouent parfois à se quitter.

« Cette histoire ne nous mènera nulle part, il vaut mieux nous séparer ! » dit-elle en plantant ses yeux dans les siens.

« Ce n'est qu'une aventure sans lendemain, on devrait tout stopper avant de souffrir ! » dit-il en soutenant son regard.

Ils se séparent pour rire, se réconcilient pour de vrai, jouent à se faire peur.

— Tout stopper avant de souffrir… répète Silvia.

Et si c'était la solution ? C'était tellement évident, la réponse était juste là, à sa portée. L'équation est simple. La souffrance de voir mourir Julian ou Jacopo par sa faute est supérieure à la douleur de sa propre mort. Elle n'arrive pas à choisir entre son père et son amant. Elle ne pourra pas vivre heureuse avec la culpabilité d'avoir élu l'un plutôt que l'autre.

Il ne lui reste donc plus qu'à se sacrifier. Elle va donner sa vie pour celui que le sort menace. Prendre la place de l'otage. Se substituer à lui. Devenir la victime.

Elle se souvient de chaque parole de Gena et de son explication sur la différence entre encaisser un chèque bancaire ou le transmettre.

« C'était vrai pour les chèques, c'est pareil pour les vies, concret et pertinent », a déclaré la psychanalyste.

Silvia peut renoncer à sa propre vie au profit de quelqu'un d'autre. Ainsi, elle ne condamnera pas ses proches. Ils seront hors d'atteinte et tirés d'affaire.

Perdre son père est tragique, pourtant c'est dans la nature des choses, on continue en gardant son souvenir présent, c'est ainsi que les hommes vivent. Perdre son amoureux est dramatique, pourtant on survit, et un jour on peut aimer à nouveau. Mais se sentir responsable de leur mort serait une torture. Elle a déjà donné avec Maria. Elle ne le supportera pas deux fois.

Vaut-il mieux mourir en paix avec soi-même, ou vivre l'enfer ? Elle préfère la première option.

C'est un fracas, un jeu terrible où elle perdra forcément. Il y a une certaine excitation à ce choix, un certain héroïsme, sans doute parce qu'elle est si jeune. Elle n'atteindra jamais l'âge de Raffaella, ne sera ni aveugle comme Tom, ni seule comme Jacopo. Elle partira comme James Dean, en pleine gloire.

Selon le principe de raisonnement dit « du rasoir d'Occam », l'explication la plus simple est la meilleure, c'est aussi valable pour les solutions. Si elle ne veut pas que Julian ou Jacopo se retrouvent sur l'autre rive du Styx, il faut juste qu'une troisième personne embarque à leur place sur le fleuve des morts. Le supplice doit cesser. Quelqu'un va mourir. Elle sera ce quelqu'un. Elle a résolu le problème. Ce n'était pas facile. Mais au fond c'est très simple.

Elle informera Gena de sa décision tout à l'heure. Elle a réfléchi, pesé le pour et le contre, établi ses priorités, tranché. Elle sera sa propre Parque. C'est sa finalité, la raison de sa présence sur terre. Contrairement à ce qu'elle croyait, elle n'était pas née pour aider Jacopo et aimer Julian, mais pour les sauver.

27.

Quand on perd un être cher, on doit faire son deuil, quand on perd la vie, on perd tout le monde. Aujourd'hui est le premier jour du reste de la vie de Silvia, c'est aussi le dernier. Elle remonte dans le studio du sixième étage avec Gorgonzola. Julian est étendu sur le lit, torse nu, vêtu de son seul jean. Il dort, abandonné, les bras écartés, un sourire joue sur ses lèvres, de quoi rêve-t-il ?

Il y a cela, cette douceur avec laquelle elle l'effleure, cette sensualité avec laquelle elle le touche, et lui qui se réveille, qui ne bouge pas, qui fait mine de dormir pour qu'elle n'arrête pas.

Le chien se couche à sa place sous la fenêtre. Les bruits de la rue parviennent assourdis, tamisés. Silvia se déshabille, ses vêtements tombent un à un sur le sol, Julian tend l'oreille pour savourer la danse des tissus, ce strip-tease qu'il ne voit pas est troublant. Elle s'allonge contre lui, il roule sur le côté et la prend dans ses bras.

Il lui fait l'amour comme un homme qui a la vie devant soi. Elle lui fait l'amour comme quelqu'un qui va mourir ce soir. Car c'est à cela qu'elle s'attelle, dire au revoir, et elle a commencé par lui. En étreignant l'homme au front lisse de 2008, elle reconquiert l'homme déçu de 2018 au front barré d'une profonde ride horizontale. Julian est son mec, le chevalier des livres, l'exilé magnifique, le voyageur des brumes anglaises. Depuis qu'elle le connaît, elle s'aime mieux puisqu'elle mérite son amour. À côté de lui, elle est fière et heureuse. Contre lui, elle se sent femme et italienne.

— Tu aimerais avoir un fils ? murmure-t-elle quand ils retrouvent leur souffle.

— Mes parents ont été si nuls, j'aurais peur de ne pas être à la hauteur, de ne pas l'aimer assez…

— Tu seras un père merveilleux, dit-elle très bas.

Elle goûte, comme jamais, le harassement heureux d'après l'amour. Cette journée se doit d'être ciselée, unique, incomparable. Une perfection, pour ne pas avoir de regrets.

— Tu ne dors pas, *honey* ? murmure Julian en l'entourant de son bras et en la serrant contre lui. Allez, dis-moi que tu m'accompagnes à Venise !

Son souffle se ralentit, il sombre sans attendre la réponse et cela vaut mieux, parce que Silvia pleure en silence, les yeux grands ouverts.

Elle part sur la pointe des pieds en fin de matinée. Gorgonzola sent qu'il se passe quelque chose d'inhabituel, il n'aboie même pas quand elle attrape sa laisse.

À *Amore & Pasta*, Jacopo prépare des pâtes fraîches et de la glace à la vanille.

— Ton *tiramisu'* était exceptionnel, dit-elle.

Il souffrira, c'est obligé, elle ne peut rien pour atténuer sa peine. Une seconde, elle se demande si son choix relève du courage ou de la lâcheté, si en sauvant son père elle ne le précipite pas dans un enfer pire que l'anéantissement. Mais sa décision est prise, il est trop tard pour faire machine arrière.

La glace est prête. Les pâtes sont étalées en petits tas ronds sous un linge propre. Jacopo et Silvia travaillent en connivence, chacun prévenant les désirs de l'autre, cuisiner ensemble a toujours été leur façon de se dire qu'ils s'aiment.

Ils s'asseyent, grignotent une figue avec du jambon de Parme puis une poire avec du parmesan. Jacopo boit une orange pressée, Silvia a terriblement envie d'un verre de vin mais elle ne veut pas le tenter. Jacopo s'éponge avec son mouchoir, il fait chaud dans la cuisine, le chemisier de Silvia colle à son dos. Elle avise l'ordinateur dans son renfoncement, propose :

— Si je t'expliquais comment il fonctionne ?

Pendant l'heure qui suit, elle détaille les manipulations à effectuer et il prend des notes sur un carnet bleu à spirale. Elle redonne un titre aux fichiers désignés par des abréviations compréhensibles d'elle seule, aligne les chiffres, imprime les tableaux. Elle enseigne à Jacopo comment piloter l'ordinateur et dompter la souris. Il lui a appris à lire, à écrire, à compter, aujourd'hui elle lui rend la pareille.

Elle ne trouve pas les mots pour le quitter, alors elle se rabat sur l'utile, le concret. Elle fait tourner une machine de linge, pend les vêtements et les draps avec un soin particulier, ce n'est pas elle qui les repassera.

Elle monte chercher la bouteille de grappa en haut de l'armoire et en vide le contenu dans le lavabo. Son père en est à sept ans, cinq mois et six jours d'abstinence.

Elle range le bureau, classe les factures, examine les chéquiers, inspecte les comptes. Elle n'est pas le roi Lear préparant sa succession mais une jeune femme qui a peur.

Son père l'a protégée toute son enfance, à son tour de le préserver. Elle ne se bat pas pour un drapeau ni une cause, elle s'interpose juste entre ceux qu'elle aime et la balle.

La tournée d'adieux concerne les vivants et les morts, ce qui inclut Maria.

Silvia n'a jamais aimé le IXe arrondissement. Maria, jeune paysanne venue du fond de sa province, adorait le boulevard des Italiens et s'y croyait chez elle. Au début du siècle dernier, c'était le rendez-vous des Parisiens élégants. Jacopo et Maria y dînaient rituellement chaque mois dans une brasserie et épluchaient les petites annonces.

Maria rêvait de s'y installer un jour et d'inviter ses parents à cette adresse mythique : boulevard des Italiens, Paris, France. Mais c'est elle qui est rentrée au pays dans un cercueil pour être enterrée dans son village où le cimetière est bordé sur un côté par la fameuse *via Francigena*, la rue des Français, variante italienne du chemin de Compostelle qui relie Rome à Canterbury en traversant la France.

Chaque année, Jacopo envoie un virement au gardien du cimetière pour fleurir la tombe. Le gardien l'empoche sans le moindre scrupule, c'est l'intention qui compte.

Silvia n'est pas revenue boulevard des Italiens depuis la mort de sa mère. Elle s'arrête devant une agence immobilière, s'effare en lisant les prix à l'achat et à la location. Elle avance sur quelques mètres avec les yeux clos pour comprendre ce que Tom éprouve, les sons et les odeurs prennent de l'ampleur, elle a l'impression que les motos foncent sur elle, que les gens lui hurlent aux oreilles, que l'obscurité va la happer.

Elle s'assied à la terrasse d'un café avec Gorgonzola, commande un jus de fruits auquel elle ne touche pas, regarde les gens passer, songe à Maria autrefois, pressant le pas pour avoir la meilleure place près de la vitre dans sa brasserie préférée.

Siamo a casa nostra ! disait-elle en désignant la plaque du boulevard.

Nous sommes chez nous.

Après Julian, Jacopo et Maria, il reste à Silvia un parent qui lui voue une affection gratuite, inconditionnelle et totale. Elle connaît ses jouets préférés, son goût pour les brocolis, les endives et les pommes, son inquiétude quand elle emprunte la rue du vétérinaire, le parfum de ses pattes, son langage aussi codé que celui des signaux sonores d'avertissement des bateaux dans la brume, un aboiement pour jouer, deux pour ouvrir la porte, trois pour la gamelle vide, salve de jappements pour une balle coincée, roulade sur le dos pour une caresse.

« Partout où il y a un malheureux, Dieu envoie un chien », a écrit Lamartine. Jacopo et Gorgonzola la pleureront ensemble et se consoleront mutuellement, le chien obligera le maître à sortir, le maître distraira le chien.

Les heures passent, la crainte augmente. Silvia résiste à la tentation de se réfugier dans les bras de Julian. Au lieu de cela, elle enfouit son visage dans le cou de Gorgonzola et y demeure un long moment.

Elle a dit adieu aux vivants et aux morts, rassemblé ce qui était épars, souvenirs et espoirs. Il lui reste à prendre congé d'une dernière personne, l'inexistant, le pas encore né, le fils qu'elle aurait pu avoir et qui l'a chamboulée.

Il y a cette école dans la rue voisine d'*Amore & Posta*, dont la cloche rythme les récréations. Il y a ces grappes d'enfants rieurs, ployés sous les cartables trop lourds, ces mères de famille interchangeables précédées de poussettes où dorment les derniers-nés, ces dialogues familiers, ces retrouvailles heureuses. Cette inquiétude aussi, quand l'enfant sort après les autres, que le cœur des mères fait une extrasystole en imaginant ce qui a pu arriver, jusqu'à ce qu'il surgisse, la joue barbouillée de feutre, le pantalon crotté, du rire dans les mirettes.

Silvia connaît les horaires de l'école, les enfants sortent à midi plein. Elle se poste devant les grilles, intègre le bataillon des adultes responsables, se coule dans le moule, se met à attendre avec eux, les yeux rivés sur la porte dont les deux battants s'ouvrent pile à l'heure.

Les futurs hommes et femmes jaillissent, se bousculent, se hâtent, troupeau grégaire et hilare d'où émerge parfois un rêveur, un différent, le pouce dans la bouche, les yeux au ciel, qui ralentit le flot.

— Tout va bien, mon cœur ? demande une mère à un petit bonhomme roux en le débarrassant de son cartable. Il y a des frites pour le déjeuner !

Silvia se dit qu'au fond elle ne fait pas autre chose en servant ses clients à *Amore & Pasta*, elle les débarrasse et elle les nourrit.

— J'suis content d'être heureux ! répond l'enfant roux.

Les mères embarquent leur progéniture dans des Espace, elles sont fatiguées mais sereines, elles perpétuent l'espèce.

Silvia leur sourit pour s'excuser de n'attendre personne. Elle revoit le petit garçon à la blondeur ébouriffée et aux yeux bleu chardon, elle l'imagine posté en haut des marches de l'école, agitant la main dans sa direction comme il l'a fait dans la rue de son rêve. Mais le perron est désert et le concierge la regarde avec suspicion.

Elle pivote puis s'éloigne, le dos courbé par le poids d'un cartable invisible. Elle se rappelle sa voix claire : « On est en 2018, maman ! »

Il ne naîtra pas, il n'existera pas, il n'aura jamais l'occasion de voir ses parents se déchirer.

— Je suis désolée, mon chéri, souffle-t-elle.

Au feu rouge, elle rattrape un groupe d'adultes et d'écoliers. Deux pères divorcés bavardent à l'écart :

— On pourrait emmener les gosses au cinéma dimanche, mon ex-femme part soi-disant en séminaire, tu parles…

L'un d'eux retient son fils par sa capuche pour l'empêcher de traverser. Silvia repense au geste affectueux de Julian enserrant l'épaule de son fils. De leur fils.

Elle avance la main dans le vide, ses doigts se referment sur le néant, son cœur se serre.

Soudain, elle s'aperçoit qu'on la regarde, les adultes se sont tus, les enfants la considèrent avec cet intérêt amusé que les petits portent sur le monde.

Alors elle fait ce qu'il faut pour les rassurer, elle effectue des rotations du bras, grimace comme si elle avait mal, roule de l'épaule, enchaîne les mimiques destinées à justifier son geste. Elle les convainc qu'elle n'est pas folle, elle a juste une douleur à l'épaule, une « périarthrite scapulo-humérale », elle gesticulait dans le vide pour détendre son articulation, rien d'inquiétant.

On se détourne, on l'oublie. Le feu passe au vert. Les familles s'égaillent.

Silvia étend de nouveau le bras dans la direction de l'école et, tout doucement, très lentement, elle agite les doigts pour dire adieu.

28.

Le banc vert en face du numéro 9 est à présent annexé par un SDF qui a étalé son sac de couchage dessus. Silvia s'adosse au réverbère et se met à attendre. Sa patience est récompensée au bout d'une heure, soixante minutes interminables si l'on considère le peu de temps qui lui reste.

L'homme de ce matin rentre chez lui, son manteau noir déboutonné vole au rythme de ses pas, sa démarche est rapide, nerveuse, il parle encore dans son téléphone.

Elle s'avance. Il s'immobilise, surpris.

— Vous êtes le fils de Flavio Leoni, n'est-ce pas ?

Entendre le nom de son père le trouble, il hoche la tête, prend congé de son interlocuteur, rempoche son portable.

— Je suis Raffaello Leoni, oui. Vous le connaissiez ?

Raffaello ? Silvia change de visage. Ce n'est pas un hasard. Flavio n'a pu donner ce prénom à son fils s'il détestait Raffaella, c'est inenvisageable.

Raffaello interprète mal son silence, le met à tort sur le compte de l'imparfait qu'il vient d'employer.

— Mon père est décédé il y a dix jours, précise-t-il.

Silvia tente de rassembler ses esprits, le prénom l'a mise K-O.

Raffaello attend, mal à l'aise. Silvia compatit, elle n'aime pas qu'on lui parle de Maria, que les gens s'immiscent entre elle et le fantôme familier. Jacopo se souvient de sa femme, Silvia de sa mère, mais ce sont deux personnes distinctes, et plus les années passent, plus les souvenirs divergent jusqu'à devenir parfois incompatibles.

— Vous connaissez ma mère ? demande Raffaello.

— Je lui ai parlé hier pour la première fois, elle nous a plutôt mal reçus…

Il l'ignorait, ou alors c'est un excellent acteur. Il lisse d'un mouvement familier ses cheveux noirs crantés et dit, étonné :

— J'ai du mal à le croire.

Sa mère est parfaite, son père aussi, il est ce genre de fils.

Silvia soupire. Elle n'a plus le temps, elle veut clarifier les situations, donner un coup de pouce aux destins de ses proches. Elle attaque, bille en tête :

— Vous savez pourquoi on vous a donné ce prénom ?

Le visage de Raffaello se crispe. Il sait.

— Vous venez de *sa* part ? Vous êtes *sa* fille ?

— Non, une amie.

Ils s'affrontent sous les fenêtres du numéro 9.

— Vous n'avez rien dit à ma mère, j'espère ? vérifie-t-il, fébrile.

— Elle est parfaitement au courant et elle s'est montrée très agressive…

Raffaello grimace et serre les poings.

— Vous avez osé lui parler d'*elle* ?

Silvia fronce les sourcils.

— Elle nous a dit que votre père détestait Raffaella et qu'il ne lui avait jamais pardonné…

— Elle vous a menti !

— Comment ça ?

— À vingt ans, mon père aimait une jeune Italienne de la haute société, il n'était pas assez bien né pour sa famille, il est arrivé en France anéanti. Ma mère l'a rencontré, consolé, aidé, épousé. Je suis né. Mon père lui a été fidèle toute son existence. Mais il n'a jamais cessé d'aimer le fantôme de sa jeunesse.

— C'est fantastique ! souffle Silvia.

— Non, rétorque Raffaello, c'est pathétique. Ensuite il s'est tu pendant cinquante ans. Vous venez de divulguer son secret. Bravo !

— Pourtant, vous venez de me dire que votre mère savait ?

Il précise en martelant les mots :

— Qu'une jeune fille de bonne famille lui a piétiné le cœur, oui. Mais ma mère ignorait son prénom ! Mon père a choisi de m'appeler comme *elle*, c'était sa manière de continuer à l'aimer. Il me l'a avoué sur son lit de mort. Ma mère n'aurait jamais dû l'apprendre.

Il est accablé et furieux.

— Calmez-vous, dit Silvia. Nous n'avons pas prononcé le nom de Raffaella devant elle.

— C'est vrai ?

Il est si soulagé que pour un peu il l'embrasserait.

— Vous m'avez fait peur ! s'écrie-t-il. J'ai cru…

Silvia secoue la tête. Flavio a fondé une famille sans oublier son amour de jadis. On peut aimer deux personnes à la fois, Silvia est bien placée pour le savoir.

— Quand il s'est su très malade, poursuit Raffaello, il m'a raconté leur histoire. Il ne voulait pas *la* revoir avant de mourir, il avait peur de *la* décevoir, d'être trop vieux, plus assez bien pour *elle*.

Silvia désigne l'hôtel juste en face.

— Raffaella a senti qu'il l'appelait il y a dix jours. Elle est venue à Paris, dans cet hôtel dont les fenêtres donnent sur votre immeuble. Elle vous a vu ce matin. Elle vous a pris pour votre père. Elle ignore qu'il est mort.

Le fils ouvre de grands yeux.

— Mais j'ai cinquante ans !

— Dans son souvenir, votre père en a vingt.

— *Elle* ne va pas harceler ma mère, j'espère ?

Silvia le rassure.

— Ne vous inquiétez pas, je lui parlerai.

Il lui lance un regard reconnaissant.

— Mon père a eu deux femmes dans sa vie, qui l'ont rendu très heureux et très triste. Mais il est parti en paix avec elles.

Silvia hoche la tête. Exiger qu'elle-même parte en paix serait trop demander, elle n'a que vingt-cinq ans, un âge où on se croit immortel. Mais sa colère ne fléchit pas sa détermination. C'est la seule solution.

Raffaello rentre dans l'immeuble. Silvia reste un moment les yeux dans le vague.

Le SDF assis sur le banc tente sa chance :

— Z'auriez pas un petit euro pour moi ? J'vous ai entendue dire que quelqu'un est mort. Y a un héritage ?

29.

La plaque dorée est vissée à l'angle de la rue : Dr Gena Meyer, psychiatre, psychanalyste, psychothérapeute. Silvia entre dans l'immeuble, cherche l'étage sur la liste des locataires. Le cabinet est situé au rez-de-chaussée.

Au moment où elle avance la main vers la sonnette, la porte s'ouvre. Elle se prépare à parler, mais Gena la repousse et lui montre la direction de la cour.

— Par là ! fait-elle d'un ton pressant.

Silvia s'exécute, décontenancée par l'accueil. Un homme sort alors du cabinet et s'éloigne à grandes enjambées.

— Vous pouvez revenir ! la hèle Gena.

Silvia obéit.

— Les patients ne doivent pas se croiser, explique la psychanalyste.

— Je ne suis pas une patiente, dit Silvia en haussant les épaules. Où est le problème, ils ont honte de vous consulter ?

— Mon bureau est au fond du couloir, dit Gena.

Au mur, il y a une photo du cabinet de Sigmund Freud à Vienne au 19 Berggasse, avec son divan d'analyste recouvert de tissu bordeaux.

Silvia précède Gena dans son bureau et regarde avec curiosité le divan drapé de tissu jaune. Un ordinateur trône au centre d'une table, la pièce sent la cigarette et le café, une lampe art déco éclaire harmonieusement le tout, une estampe représentant un jardin japonais avec un gué est accrochée près de la fenêtre. En allemand, le mot *freud* signifie « joyeux ».

Silvia ne s'assied pas, ce serait plier. Au contraire, elle reste debout, se balance d'un pied sur l'autre pour mieux s'enraciner, toise la psychanalyste.

— J'ai pris ma décision. Je les sauve tous les deux. Et je donne ma vie en échange. Le résultat est le même.

Gena réfléchit posément.

— Je vous offre une vie, vous optez pour la mort. Votre choix est spécieux. Je ne suis pas certaine qu'éthiquement…

— Vous vous fichez de moi ! rugit Silvia. L'éthique n'a rien à voir là-dedans. Vous m'offrez un cadeau empoisonné, j'en dispose à ma guise, comme le chèque de votre métaphore qu'on peut transmettre à l'infini. Jacopo et Julian étaient en sursis, je choisis de mourir à leur place. « La vie est injuste mais nous pouvons réagir face aux obstacles », c'est vous-même qui l'avez dit ! Je sauve les deux. Pas de piège, pas d'entourloupe. Je dispose d'un bonus, j'en fais profiter qui me chante !

— Très bien. Si c'est votre désir.

Silvia a gagné mais ce n'est qu'une piètre victoire puisqu'elle ne verra pas le soleil se lever demain.

Des pépiements d'oiseaux lui parviennent par la fenêtre ouverte, il y a des plantes vertes dans la cour, un chat tigré assis sur le rebord d'une fenêtre. Les oiseaux, la plante, le chat seront encore là, pas elle.

— Ce n'est pas votre faute, énonce Gena avec son calme insupportable. Vous n'étiez qu'une enfant.

— Quoi ?

— Vous ne pouviez rien faire pour sauver votre mère quand elle s'est étouffée, vous n'êtes pas responsable. Même si c'était votre anniversaire. Vous n'avez pas à payer pour une faute que vous n'avez pas commise.

— Qui vous a raconté ça ? Comment savez-vous…

Silvia s'interrompt, pétrifiée.

— Le morceau de fruit confit s'est coincé au niveau de sa trachée et l'a empêchée de respirer, continue Gena, imperturbable. Vous n'y êtes strictement pour rien.

Silvia secoue la tête avec rage.

— J'ignore comment vous l'avez appris. Je n'en ai jamais parlé à personne ! Vous n'allez pas me dire que Jacopo ?…

— Vous n'êtes pas censée la remplacer auprès de votre père, ce n'est pas votre emploi, personne ne vous le demande, ajoute Gena. Vous n'êtes ni sa femme ni sa mère. Vous avez la vie devant vous, la sienne est derrière et elle a été bien remplie. Chacun a l'existence qu'il mérite et porte en soi la graine de son propre bonheur. Vous êtes responsable du vôtre. Et du gâchis éventuel des chances que le destin vous offre.

Les paroles de Gena bouleversent Silvia.

— Je m'en veux tellement…

— Ce n'est pas votre faute, répète Gena. Cessez de vous flageller !

— J'arrête. Je ne changerai pas d'avis. Je ne veux pas tuer une seconde personne. Mon choix est fait, ce n'est plus négociable.

Gena demeure impassible.

— Inébranlable, obstinée et fière, un vrai petit soldat ? Vous êtes certaine que vous n'aurez pas de regrets ?

Silvia hausse les épaules.

— Même si j'en ai, je ne serai plus là pour les exprimer ni les ressentir, alors quelle importance ?

Elle se sent soulagée d'un poids immense. Elle a suivi le conseil de la psychanalyste. Elle a choisi ce qui la fera le moins souffrir.

30.

Elle pousse la porte d'*Amore & Pasta* en début de soirée et s'immobilise, pétrifiée. Elle ne s'est pas trompée de lieu, c'est le bon numéro, la bonne rue, il y a le gros cœur rouge sur la devanture et les dix tables qui attendent les clients.

Mais les murs sont désormais recouverts de tissu, deux sont d'un ocre chaud, celui du fond est du même bleu que ses yeux. On a cloué des baguettes sur les bords des tables familières. On a remplacé les chaises par des fauteuils en teck clair avec des accoudoirs et des barres pour poser les pieds. D'un discret lecteur de CD posé sur le buffet s'échappe la voix rauque de la chanteuse de jazz québécoise Teréz Montcalm. Des étagères transparentes ont été posées le long des murs où des patères attendent les vêtements. Une grande boîte à recettes trône sur le buffet. Une gamelle d'eau claire posée par terre accueille les visiteurs canins. La salle de restaurant dans laquelle elle a grandi est métamorphosée.

Julian et Jacopo l'observent avec inquiétude. Tom lui sourit.

— J'aime vraiment ton eau de toilette, Silvia. Alors, que penses-tu de notre décor ? Tu n'étais pas là, nous avons commencé sans toi !

Le chef décorateur, le premier assistant et le chef constructeur n'ont pas chômé en l'absence de la réalisatrice, même si la tapissière leur a fait défaut.

— L'espace réservé aux sybarites est à gauche, précise Tom.

— On ne s'est pas occupés des nappes, c'est le travail de Raffaella, dit Julian.

Silvia se retient pour ne pas hurler qu'elle ne verra jamais ni les nappes ni les sybarites. Elle réussit à se contenir, leur raconte pourquoi Raffaella n'est pas venue. Jacopo est ému, Tom soupire, Julian démarre au quart de tour :

— Il faut lui dire la vérité !

— Je m'en chargerai dès qu'elle arrivera, promet Silvia.

La salle est plus chaude avec ses murs ocre et bleu. Il manque juste un détail, la plaque du boulevard des Italiens, mais c'est trop tard.

— Ce soir, pour inaugurer le nouveau décor, on va éclairer exclusivement aux bougies, annonce Julian. Regarde !

Il commence à allumer les chandeliers et l'atmosphère change. Le visage de Tom se crispe.

— C'est beau, lui confirme Silvia d'un ton apaisant.

La flamme des bougies tremble sous l'effet du courant d'air lorsque Raffaella ouvre la porte, les ombres dansent sur les murs. L'Italienne s'arrête, regarde autour d'elle avec effarement.

— Raffaella vient d'entrer, souffle Julian.
— Lumiere… moteur… action ! murmure Tom.
Silvia installe Raffaella dans le nouvel espace réservé aux sybarites, le coin le plus agréable de la salle.
— Je suis retournée devant le numéro 9, lui dit-elle.
Raffaella s'agite.
— Je vous en prie, je ne veux plus en parler !
— Ce n'était pas Flavio, continue pourtant Silvia.
— S'il vous plaît, supplie Raffaella, vraiment…
— Ce n'était pas lui mais son fils, l'interrompt Silvia. C'est pour ça qu'il ne vous a pas reconnue. Parce qu'il ne vous a jamais vue !
Raffaella la dévisage, interdite.
— Qu'est-ce que vous racontez ?
— La vérité.
— Vous dites ça pour me rassurer ?
— Non !

Raffaella la fixe.
— Je n'aime pas le ton sur lequel vous avez prononcé ce « non », Silvia. Donc, Flavio a un fils. Les enfants ne naissent pas dans les choux, il a donc aussi une femme. Il y a encore autre chose que je dois savoir ?
Silvia acquiesce, la mine grave. Raffaella frémit.
— J'ai senti qu'il m'appelait, souffle-t-elle. Pour la première fois, après toutes ces années. Comme un ordre impérieux. Alors j'ai pris un avion et je suis venue.
Silvia demeure silencieuse, cherchant les mots adéquats.
— Je suis arrivée trop tard ? devine Raffaella.

Silvia hoche la tête sans la quitter des yeux.

— Il y a dix jours… murmure-t-elle.

Raffaella ne pleure pas, elle reste là, digne et droite, mais son regard s'est voilé.

— Ma présence ici est désormais inutile. Je rentre à Rome demain.

— Son fils s'appelle Raffaello, dit Silvia avec douceur pour atténuer le choc. Flavio n'a jamais avoué à sa femme la raison pour laquelle il lui a donné ce prénom. Il l'a révélée à son fils juste avant de mourir. Il a gardé ce secret toute sa vie, c'était sa façon de continuer à vous aimer.

Raffaella a les yeux embués.

— Il n'a pas voulu se montrer vieilli ou diminué devant vous, il avait peur de vous décevoir, précise Silvia.

Raffaella secoue la tête.

— *Ma perché*, pourquoi ? dit-elle avec une tendresse infinie.

31.

— Ce soir, *spaghetti al tartufe d'Alba*, à la truffe blanche ! annonce Silvia.

C'est son plat préféré, le plus subtil, le plus onéreux aussi, au moins elle succombera dans une odeur sublime. Le goût de sa fin sera parfumé. Elle râpera sur chaque assiette un peu de truffe crue, les Italiens appellent ça une *grattata.* Puis elle renouvellera l'opération sur la glace à la vanille maison.

Elle a passé la journée à préparer la vie des siens sans elle, comme si elle mettait la table pour un buffet qu'elle n'aura pas le temps de savourer.

20 heures

Silvia se remplit les yeux de bleu et d'ocre, bouge une des nouvelles chaises, balaye la salle du regard. C'est la première et la dernière fois qu'elle reçoit des clients dans ce décor. Seuls les condamnés à mort savent ce qu'elle éprouve. Les soldats qui vont à la guerre ont une chance de revenir sains et saufs. Même les malades incurables ne savent ni le jour ni l'heure. Elle n'est pas une déprimée qui se suicide parce qu'elle ne supporte plus l'existence. Elle adore la vie, mais dans une demi-heure elle ne sera plus là.

Quel moyen choisira le destin ? Pas un accident d'avion ni un saut à l'élastique, pas une morsure de vipère ni une éruption de volcan. Une salle de restaurant parisien recèle peu de dangers. Lorsqu'elle y pense, elle a des sueurs froides et son cœur se met à battre de façon désordonnée. Peut-être va-t-elle mourir de peur, on conclura à une anomalie cardiaque congénitale passée inaperçue. Ou alors elle glissera sur le carrelage mouillé et tombera sur le couteau à lever les filets qui lui rentrera, paf, dans le cœur. Ou lui tranchera, zwip, la carotide. À moins qu'un fou ne surgisse dans le restaurant et ne se mette à canarder tout le monde ?

20 h 10

Gena Meyer entre, sereine, admire le nouveau décor, puis s'installe à sa table. Silvia l'informe que ce soir elle n'a pas le choix, il n'y a qu'un plat du jour, exceptionnel. Gena n'a aucune réaction. Agnès Jaoui chante « Canta » sur le nouveau lecteur de CD.

20 h 15

Tom n'avait jamais mangé de truffe, Gena ne connaissait que la noire, ils dégustent leurs pâtes avec conviction. Julian l'instinctif suit Silvia du regard et perçoit son stress, elle détourne les yeux pour ne pas craquer, tout à l'heure il dira aux autres qu'elle avait une prémonition. Demain le restaurant sera fermé. Mais ceux qu'elle aime seront vivants.

20 h 20

Jacopo s'active en cuisine. Silvia a mal au cou à force de surveiller la pendule. Elle mourra avec un torticolis.

20 h 30

Elle a mal au ventre, l'estomac noué, la nausée qui monte, mais elle se contient, pas question d'être malade, mourir est déjà assez pénible sans qu'en plus le ridicule la tue.

20 h 40

Elle apporte aux habitués les boules de glace jaune et râpe la truffe dessus. L'arôme rare emplit la salle.

20 h 50

Un couple de bobos entre, la quarantaine ; lui a une Reverso au poignet, elle tient un sac griffe culte. Silvia les guide vers la table 7, elle n'a pas le temps de leur expliquer le concept de la maison ni de leur demander s'ils sont pressés ou sybarites. De toute façon ils iront dîner ailleurs, tout va bientôt se précipiter. Ils accrochent leurs vêtements à la nouvelle patère, la femme pose son beau sac sur la nouvelle étagère.

Julian lève le pouce pour signifier à Silvia qu'il adore le dessert. Tom savoure sa glace. Raffaella a les yeux dans le vague. Jacopo sifflote de l'autre côté du passe-plat. Silvia se baisse pour caresser Gorgonzola. Elle a des fourmis dans les doigts, la bouche sèche, et son cœur bat si fort qu'elle a l'impression qu'il couvre le bruit des conversations.

20 h 55

Alors ? C'est quoi, la surprise ? Une explosion de gaz ? Le plafond qui s'écroule sur sa tête, mangé par les termites ? Ou un raté du cœur, systole, diastole, clac… plus rien, électrocardiogramme plat, arrêt de la partie de flipper, bug du disque dur de l'ordinateur, fin du film, déroulement du générique, *The End ?*

Merde, qu'on en finisse ! Elle a frimé, fanfaronné, joué les héroïnes, mais elle n'est plus qu'une gamine terrifiée.

20 h 57

À la table 2, Gena Meyer boit une gorgée de Brunello di Montalcino qui coule comme du miel contre son palais. Puis elle tend la main vers un *grissino* au romarin et le met dans sa bouche. Mais au même moment son téléphone sonne, ou plutôt vibre dans sa poche. Gena, soucieuse de la tranquillité des autres, a réglé la sonnerie sur le mode « discret » en entrant dans le restaurant. Elle est donc la seule à savoir que son portable se manifeste.

Elle consulte l'écran : numéro inconnu, la personne qui cherche à la joindre ne figure pas dans son répertoire personnel. Peut-être un patient en pleine crise d'angoisse ? Il y a ce jeune homme que sa fiancée a quitté et qui a déjà fait deux tentatives de suicide. Il y a cette femme battue qui l'a prévenue que si son mari la brutalisait encore elle le flinguerait. Elle a passé un contrat thérapeutique avec eux et leur a donné son numéro privé.

Elle avale tout rond son *grissino* pour pouvoir répondre à son interlocuteur. Mais le morceau, trop gros, se coince à l'entrée de sa trachée.

Et…

Ça…

Recommence.

Gena essaye de crier, mais aucun son ne sort de sa bouche. Elle porte la main à sa gorge. Elle n'arrive plus à respirer, l'air devient rare.

Elle s'affole. Sa surprise est totale, elle ne s'attendait pas à ce coup du sort. Deux fois en trois jours, c'est une sacrée redondance, mais le destin se fiche des pléonasmes, il est le maître, il peut bisser, il n'est soumis à aucun règle du jeu, il EST le jeu.

Julian n'a d'yeux que pour Silvia. Tom tâtonne avec précaution à la recherche de son verre de vin. Raffaella songe que le fils de Flavio est le portrait de son père. Le couple de bobos discute politique. Jacopo tourne le dos à la salle.

Gena panique. Personne ne s'en rend compte. Ses yeux gris clair s'écarquillent de peur en croisant le regard de Silvia, parce qu'elle sait parfaitement ce que la jeune restauratrice pense.

C'est humain, logique.

C'est concret, pertinent.

Forcément.

Obligatoirement.

Pas de piège, pas d'entourloupe.

Silvia va la laisser mourir…

32.

C'est au-delà de la tentation. Cela s'apparente à un signe du destin. La solution miracle est là, à portée de main, enfin, à portée de respiration. Il suffit que Silvia ne lève pas le petit doigt, qu'elle laisse Gena s'étouffer et s'écrouler sur la table. Il n'y aura pas de cadeau empoisonné. Pas de vie en échange. Pas de bonus. Aucun choix à faire. Une seule personne mourra. Et ce sera Gena Meyer !

Silvia a du mal à croire à sa chance. Ce n'est pas elle qui a fourré ce *grissino* dans la bouche de la psychanalyste. Elle ne lui doit rien, elles ne sont même pas amies. Silvia n'est pas responsable des malheurs de la terre. Elle n'a pas étudié la médecine. Sa vocation est de nourrir les gens. Ce qui se passe ne la concerne pas. Chacun son lot.

Elle pourrait ne pas être là. Elle pourrait ne pas avoir remarqué que Gena s'étouffe. Elle pourrait détourner les yeux et cingler vers la cuisine. Pour revenir dans cinq minutes, quand il sera trop tard.

D'ailleurs, elle va le faire.

Elle fixe Gena, qui a changé de couleur.

La psychanalyste n'a pas compati à son supplice des derniers jours. Rien n'arrive par hasard. Silvia se souvient de ses paroles : « La vie est injuste… vous avez intégré une spirale… c'est concret et pertinent… le chrono est lancé… le sort a tranché pour vous de façon aléatoire… »

Le sort a tranché et le chrono est lancé ce soir aussi. Silvia prend sa décision. Tant pis, elle vivra avec ses remords mais elle aura la satisfaction d'avoir sauvé son père, son amant et sa propre vie. On ne fait pas d'omelette sans casser d'œufs, ce qui sied bien à un endroit qui sert des pâtes fraîches maison.

La serviette de Tom a glissé de ses genoux. Elle se baisse pour la ramasser.

Ce faisant, elle rompt le fil qui la reliait au regard de Gena.

Elle l'abandonne.

Gena Meyer a vu l'hésitation dans les yeux de Silvia, deviné ses doutes, suivi le cheminement de sa pensée.

Silvia n'est pas une sainte mais une humaine soumise à ses passions. C'est de bonne guerre, Gena elle-même en aurait peut-être fait autant à sa place. Elle est affreusement lucide pour quelques secondes encore. Silvia ne pratiquera pas la manœuvre du docteur Henry Heimlich pour la sauver. Dans quelques instants ce sera la fin.

Gena jongle depuis des années avec ses horaires en réussissant à concilier vie de famille et cabinet ; sa discipline est immuable, elle ne se laisse aller que sur un point, la cigarette. Il faut bien mourir de quelque chose. Elle ne regrette rien puisqu'en définitive ce n'est pas la nicotine qui la tue mais un morceau de biscotte en forme de cigarette. Un pain mince et très cuit, d'où son appellation de bis-cuit. C'est le jeu de mots de la fin…

Alors qu'elle perd conscience, elle songe à la cigarette qu'elle a allumée avant de venir dîner, les pieds sur son bureau, la tête contre le dossier du fauteuil, pour faire partir en fumée la souffrance déversée devant elle tout le jour. Elle ignorait que ce serait la der des der. Si elle avait su, elle l'aurait savourée jusqu'à l'ultime bouffée, jusqu'au dernier brin de tabac.

L'oxygène arrive de moins en moins à son cerveau, alors elle cesse de penser. Elle oublie son mari, ses enfants, sa nouvelle petite-fille, ses amis, ses patients, les Ferrari, les romans policiers.

C'est donc cela, à nouveau ? Ce n'était qu'une répétition lundi, ce soir c'est la générale ?

Elle n'en veut même pas à Silvia. Elle lui pardonne d'avance. On ne peut accuser la jeune restauratrice de non-assistance à personne en danger puisqu'elle risque sa propre peau. Une vie vaut l'autre.

Gena vacille. Sa dernière pensée cohérente va à sa fille adolescente, elle lui a acheté un cadeau à l'avance pour son anniversaire, elle a oublié d'en informer son mari, le paquet est caché en haut de l'armoire…

33.

Silvia ramasse la serviette de Tom. Elle se concentre pour ne pas regarder du côté de Gena. Elle fait un effort surhumain pour sourire à Julian.

La psychanalyste va s'effondrer, comme Maria il y a quinze ans. Mais Silvia ne doit pas intervenir. Si elle décide de sauver Gena, elle signe sa propre condamnation.

Son corps n'est plus qu'une crispation, ses muscles sont tétanisés, ses dents claquent. Elle panique à l'idée de ce qu'il y a de l'autre côté du miroir, le vide, le noir, le froid, la solitude, le néant. Ne plus exister, ne plus étreindre Julian, ne plus cuisiner avec son père, ne jamais connaître le gosse ébouriffé aux yeux bleus qui aurait pu devenir son fils.

S'ils s'en tirent tous les trois, elle est prévenue, elle se battra. Elle est de taille à empêcher son père de retomber dans l'alcool, elle est assez passionnée pour aimer Julian si fort qu'il n'ira pas voir ailleurs. Mais pour cela, elle doit survivre.

Le destin l'a éprouvée pendant ces trois jours, elle a triomphé des épreuves, réussi l'initiation. On lui donne une seconde chance. Gena est sa bouée de sauvetage.

Elle pose la serviette de Tom sur la table, mais sa main y reste une seconde de trop. Julian en profite pour avancer les doigts et emprisonner la paume de Silvia dans la sienne. Et ce geste la tue, aussi sûrement que le geste d'Orphée se retournant malgré l'interdiction pour contempler Eurydice au sortir des Enfers.

Ce geste la tue parce que Julian l'aime et qu'elle n'est pas digne de cet amour. Si elle laisse mourir Gena, elle ne pourra plus jamais se regarder dans la glace. Si elle laisse mourir Gena, ce sera regarder à nouveau mourir Maria.

La paume de Julian est chaude, la pulpe de ses doigts s'est durcie à force de tourner les pages des livres. Elle songe à leurs flamboiements, à leurs étreintes, à leurs fulgurances. Elle songe aux draps froissés, aux vins savourés, aux levers de soleil sur Paris, aux textes partagés, à la confiance, à l'abandon, à l'espoir.

Elle cherche du regard Jacopo à travers le passe-plat. Son père est fier d'elle, jusqu'à aujourd'hui elle méritait son estime.

Raffaella lève la tête et esquisse un sourire courageux, le prénom du fils de Flavio lui donne la force de continuer malgré son chagrin – « Tout ce qui ne nous tue pas nous rend plus forts », prétend Nietzsche.

Tom, en reposant son verre, se brûle à la bougie qui éclaire inutilement sa table, il étouffe un cri, écarte sa main, le visage crispé, et souffle discrètement sur sa peau qui rougit, trop orgueilleux pour demander de la Biafine.

Gorgonzola ronfle et laisse échapper un petit vent parfumé, les chiens sont sujets à la colite, à cause des croquettes. La salle ne sent plus la truffe blanche, une odeur désagréable emplit l'air.

Silvia sourit et se détend enfin. Son corps se décrispe, ses muscles se décontractent, ses doigts cessent de picoter, ses dents de claquer. Elle n'a pas pu choisir entre les deux êtres qu'elle aime le plus au monde. Mais elle vient de choisir entre Gena et elle-même.

Gena, la tête renversée en arrière, est d'une pâleur extrême. Elle a les yeux ouverts mais elle ne voit plus rien. Ses prunelles d'un gris très doux sont tournées vers Silvia ; elle n'est pas aveugle comme Tom, pourtant le restaurant et ses habitués n'existent plus pour elle.

Elle ne voit ni l'ancien cœur rouge de la devanture, ni le nouveau décor bleu et ocre, les fauteuils de teck avec leurs accoudoirs, les tables et leurs baguettes latérales, la boîte à recettes, l'espace réservé aux sybarites, les étagères, les patères, la gamelle d'eau. Elle n'entend pas Stacey Kent chanter *The Boy Next Door* sur le lecteur de CD. Tout cela est gommé, disparu, volatilisé. Elle n'en a plus conscience. Elle erre entre deux rives.

Atropos *alias* Morta brandit ses ciseaux pour couper le fil de sa destinée.

La Parque écarte le pouce de l'index.

Les lames du ciseau s'ouvrent en crissant…

Silvia bondit vers la psychanalyste. Son cœur bat à tout rompre. La sueur perle à ses tempes. Elle a perdu quelques secondes mais elle arrivera à temps.

Elle oublie l'amour et les pâtes, Julian et Venise, Jacopo et la grappa, la rubrique culinaire du magazine. Elle oublie Maria, le gâteau d'anniversaire et le médecin stupide.

Mais elle n'oublie pas son amour pour Julian. Ni la confiance de Raffaella en Flavio. Ni l'émotion de Tom traçant trois mots sur une feuille dans un noir abyssal. Ni la compassion de Jacopo préparant un *tiramisu'* pour les soixante-quinze ans d'une femme amoureuse. Ni le geste gracieux de la main du petit garçon blond qui ressemble tant à Julian.

Et pourtant, malgré cela, elle va sauver Gena. Parce qu'il est impensable d'agir autrement. Parce que, finalement, c'est ce qui la fera le moins souffrir.

20 h 59

Silvia contourne Gena Meyer, se prépare à lui entourer la taille avec ses bras et à tirer d'un coup sec vers le haut.

Ce geste salvateur signera sa perte. Son cœur s'arrêtera sans doute dans l'effort, infarctus foudroyant, une pathologie élégante.

Elle ne regrette pas sa décision. Elle n'est pas une meurtrière. En fait, elle n'a jamais vraiment eu le choix…

34.

21 heures

Dans sa course vers Gena, Silvia a enjambé Gorgonzola et donné sans le faire exprès un coup de pied dans son jouet. Le portable en plastique, projeté en l'air, couine.

Le chien qui dormait profondément se redresse d'un bond, tous les sens en alerte, les oreilles frémissantes, la truffe en action, les yeux balayant la salle à la manière d'un radar.

Le jouet propulsé heurte une des nouvelles chaises en teck, rebondit en direction de la table 2, bute contre la baguette latérale clouée, part vers le haut et retombe sur les cuisses de la psychanalyste inanimée.

Au même moment, Silvia, postée derrière Gena, bande ses muscles et prend une profonde inspiration…

Mais Gorgonzola repère enfin son jouet et bondit vers Gena. Il saute avec l'enthousiasme d'un golden retriever mâle de trente-cinq kilos en bonne santé et au caractère heureux. Il décolle du sol, souple et puissant.

Il plane, les yeux rivés sur sa proie en plastique. Il vole, déterminé.

Et il retombe de tout son poids au creux de l'estomac de la psychanalyste.

Les forces en présence se conjuguent pour aboutir à la même cause. Il faut considérer la vitesse de Gorgonzola, son envergure, son poids, la trajectoire de sa course, la vigueur de son poitrail. Il faut intégrer la position de Gena Meyer, l'endroit précis où le *grissino* obstrue sa trachée. Il faut visualiser le point d'impact entre le chien et la femme inconsciente. Si on représentait la scène par un diagramme avec des flèches matérialisant les forces, leur résultante pointerait vers le plafond.

Ce n'est ni un hasard ni un miracle, c'est concret, pertinent, logique, mathématique. Les lois de la physique sont immuables.

En atterrissant sur l'abdomen de Gena, Gorgonzola effectue une contre-pression qui déloge le *grissino*. Le morceau de biscotte, propulsé hors de la bouche de la psychanalyste, retombe sur le sol où Gorgonzola, tout content, s'empresse de l'avaler.

L'air passe à nouveau dans la trachée de Gena. Ses poumons se dilatent, son tonus revient, son cœur bat, son sang circule. Sans le vouloir, sans le savoir, le chien vient de pratiquer une variante canine de la manœuvre de Heimlich.

Gena Meyer tressaute, hoquette, tousse, palpite, vibre, retrouve ses couleurs. Silvia, éberluée, s'écarte pour la laisser respirer.

— La… vache ! fait Gena, encore sous le choc. J'ai cru que j'allais…

Elle s'interrompt, essoufflée, dévisage Silvia. Poursuit, encore oppressée :

— J'ai cru que vous n'alliez pas…

— Moi aussi je l'ai cru, murmure Silvia.

21 h 01

Silvia rentre le cou dans les épaules. Le temps qui lui était imparti est écoulé. Le ciel va lui tomber sur la tête. Elle n'a aucune raison d'avoir peur puisque le pire va se produire, elle n'en réchappera pas. Inutile d'espérer. L'issue fatale est programmée.

Pourtant, l'aiguille des secondes dépasse la verticale et se déplace vers la droite. Silvia, incrédule, déglutit avec peine. La pendule a de l'avance. Le couperet va tomber, ce n'est qu'une question de sec…

35.

— Je savais… que vous changeriez d'avis ! halète Gena Meyer.

— La pendule fonctionne mal, bredouille Silvia, surprise d'être encore en vie. J'aimerais que ça aille vite maintenant. Sinon je vais craquer et je préfère laisser une bonne impression.

21 h 03

— Ils pourraient se dépêcher, merde ! s'impatiente Silvia en serrant les dents.

Julian et Jacopo félicitent le chien, Raffaella décrit à Tom ce qui vient de se passer. Les bobos de la table 7 sont affamés, l'homme agite la main, Silvia fait semblant de ne pas le voir.

Gena respire de mieux en mieux.

— C'est merveilleux ! dit-elle.

— Vous êtes gonflée, dit Silvia, suffoquée par son égoïsme.

— Je ne comprends pas, fait Gena en fronçant les sourcils. Vous devriez être contente !

— Et mourir de plaisir comme Michel Sardou ? Je ne vous demande pas de réciter le kaddish ou de m'administrer l'extrême-onction, mais quand même…

Gena se met à rire doucement.

— Cette fois ce n'est pas vous qui m'avez sauvée, Silvia. C'est votre chien, en me sautant sur le ventre. Il a en quelque sorte racheté la dette !

Silvia ouvre de grands yeux.

— Il a changé la donne, précise Gena. C'est donc à lui que je suis redevable. Mais ce n'est qu'un animal, alors il n'y a plus ni créance ni date butoir. Vous me suivez ? Vous n'êtes plus concernée. Nous ne sommes plus liées. Julian et Jacopo n'ont plus d'interaction avec moi. Nous ne sommes plus dans la même spirale.

Silvia hausse les sourcils.

— Gorgonzola m'a sauvée et personne ne mourra, conclut Gena. Une vie pour un os à moelle. Il a relancé les dés et changé la donne. La vie est injuste, mais aujourd'hui le sort joue en votre faveur !

Silvia n'en croit pas ses oreilles.

— Je suis libre ? Plus personne n'est en danger ? Ceux que j'aime ne risquent plus rien, vous êtes sûre ?

— Archisûre !

C'est si inattendu, si inconcevable. À côté d'elles, les autres bougent et se déplacent, ignorants du drame qui vient de se jouer.

— Ce n'est pas une blague ? Je vais vivre ?

— Jusqu'à ce que vous mourriez demain ou centenaire, répond Gena avec malice.

Dans les thrillers américains, les condamnés du couloir de la mort attendent, les cheveux rasés, le dernier repas avalé, le col de chemise coupé, que le gouverneur de l'État les gracie d'un coup de fil. C'est ce qui vient d'arriver à Silvia.

— Je ne vais pas me réveiller demain matin et vous retrouver devant ma porte ? vérifie-t-elle. C'est vraiment terminé ?

— Vous êtes quelqu'un d'obstiné, soupire Gena. Il y a trois jours vous refusiez de me croire, et ce soir vous continuez à douter. Pas de piège, pas d'entourloupe, promis juré. Vous devez une fière chandelle à votre chien. Il n'y a plus ni choix, ni alternative, ni sacrifice.

Silvia fixe Gena au fond des yeux.

— Alors c'est tout ? C'est fini ?

Gena secoue la tête.

— Non, dit-elle, ce n'est pas fini. Au contraire, ça continue. Et c'est formidable !

36.

21 h 15

Tout le monde est en vie à *Amore & Pasta.* Gena offre une tournée générale, Jacopo sort deux bouteilles de son meilleur *Prosecco*, le vin blanc festif pétille et les langues vont bon train. Les bobos de la table 7 apprécient. Gena décide de faire un don à la Fondation Trente Millions d'Amis ; puisque Gorgonzola n'a besoin de rien, elle témoignera sa reconnaissance à ses congénères.

Silvia vide trois verres coup sur coup et elle est bientôt incapable de remplir son office.

— Je suis désolée, pouffe-t-elle en titubant. Je crois que j'ai un peu trop forcé sur les petites bulles…

C'est la première fois que Julian la voit pompette. Elle s'en tire avec élégance, elle a le vin gai. Elle dodeline de la tête, éméchée et hilare.

— Je suis vraiment contente d'être heureuse, d'être vivante ! bredouille-t-elle.

— Tu m'en vois ravi, rétorque Julian, amusé. Viens t'asseoir près de moi.

Silvia obéit.

— Je devais choisir entre vous deux, je me suis sacrifiée, le chien a racheté ma dette… C'est inespéré ! balbutie-t-elle.

— Mais oui, mais oui, bien sûr. Tu es vivante et soûle et tu vas aller te coucher.

— Coucher avec toi ? Je croyais que plus jamais…

Ses yeux se remplissent de larmes.

— On va fermer et je vais monter la border, souffle Julian à Tom et à Raffaella.

Alors qu'il termine sa phrase, deux religieuses en habit, une Indienne et une Japonaise, poussent la porte.

— Nous voudrions dîner, c'est possible ?

Julian ouvre la bouche pour répondre que c'est trop tard, mais Silvia est plus rapide que lui.

— Ici, on risque sa peau mais on s'en sort vivant ! glousse-t-elle.

— Malheureusement le chef a déjà éteint les fourneaux, ajoute Julian.

— Comment ça, éteint les fourneaux ? protestent les bobos de la table 7. On a faim, nous !

Jacopo, à travers le passe-plat, hoche la tête et fait signe aux religieuses de s'installer à la table 8. On les croirait sorties d'un film de Fellini. Raffaella se lève.

— Je vais vous servir, leur dit-elle.

— Ce soir, annonce Julian, vous avez des spaghettis à la truffe blanche en plat du jour.

— Comme vin, vous avez l'embarras du choix : Brunello di Montalcino, Montepulciano d'Abruzzo, Dolcetto d'Alba, Falanghina, Aleatico et Barbera d'Asti, énumère Tom de mémoire. Je vous conseille le

Barbera ; il vient du Piémont, comme les truffes, ils ont pour ainsi dire grandi ensemble.

Silvia suit la scène en dodelinant de la tête.

Les pâtes de Jacopo ne sont jamais précuites et réchauffées, il faut le temps. Julian se charge du vin, les bobos français commandent une bouteille et les religieuses étrangères deux verres, on boit en grignotant des *grissini*. Enfin, Raffaella apporte les quatre assiettes fumantes et râpe la truffe dessus.

— Quand j'étais enfant, souffle-t-elle à Tom, l'office nous était interdit, aujourd'hui encore mon majordome ne supporterait pas que j'y entre. Je ne sais même pas cuire un œuf !

Les clients se régalent. Quand les assiettes sont vides, Raffaella débarrasse puis sert les glaces et les cafés accompagnés de leurs petites cuillères en chocolat fondant. Les bobos insistent auprès de Raffaella pour féliciter le chef.

Jacopo, souriant et silencieux, s'approche de la table 7.

— Je disais à votre épouse que nous avons délicieusement dîné, affirme gaiement l'homme.

Jacopo se fige. Raffaella détourne le regard.

Silvia, qui somnole sur sa chaise, n'a rien entendu.

37.

Julian, Silvia et Gorgonzola grimpent les six étages sans ascenseur de l'escalier A.

Silvia monte la première, grise et vacillante. Julian la pousse devant lui en la tenant par les épaules pour l'empêcher de tomber.

— Tu sais, murmure soudain Silvia sur le ton de la confidence, j'ai vu notre fils. Il te ressemble… et si tu retournes avec cette pétasse je lui fais bouffer son râtelier !

— N'hésite surtout pas, dit Julian en riant et en la rattrapant avant qu'elle dévale les marches. Allez, plus qu'un étage, on y est presque.

Elle s'arrête brusquement, tourne la tête vers lui.

— Je t'aime plus que tout au monde, dit-elle d'une voix étranglée.

Julian ouvre sa porte de la main droite sans la lâcher de la main gauche. Puis il la guide vers le lit sur lequel elle s'abat.

— Je t'aime et tu ES mon monde, murmure-t-il.

Elle n'a pas entendu.

Elle dort déjà.

AMORE & PASTA, LE LENDEMAIN

Plats du jour, au choix :
Tagliatelle ai fegatini, tagliatelles aux foies de volaille
Ravioli dolci di ricotta, raviolis sucrés au fromage

Dessert :
Zabaione, sabayon

38.

Silvia ouvre les yeux, regarde le plafond où le réveil électronique de Julian affiche l'heure, 08 : 50.

Le lit près d'elle est vide, l'oreiller un peu creusé, un cheveu blond de Julian y est resté accroché. Gorgonzola ronfle sous la fenêtre et sa respiration fait voler le fin voilage.

Silvia se presse les tempes avec un rictus de souffrance. Un orchestre joue des cymbales sous son pauvre crâne. Elle a une migraine d'enfer et une magistrale gueule de bois…

Elle se lève, marche vers la baignoire sabot au centre du studio, fait couler l'eau et s'asperge le visage d'eau froide. Au temps où Jacopo se réveillait dans cet état affreux tous les matins, il avait un truc infaillible pour se soigner. Il prétendait que son malaise était dû au syndrome de manque et que pour faire disparaître ses symptômes la solution était de s'alcooliser. Moyennant quoi il s'enivrait pour se guérir. Moralement, c'était contestable. Médicalement, c'était justifié.

Silvia ouvre un placard, en sort une bouteille de Lagavulin, verse une gorgée de whisky dans le bouchon et l'avale en grimaçant.

Dix minutes plus tard, son état s'améliore.

Onze minutes plus tard, on sonne.

— C'est Gena Meyer. Je voulais vous remercier pour hier…

Silvia lui ouvre, l'haleine alcoolisée, les yeux hors de la tête. Gorgonzola accueille Gena avec des transports de joie.

— Qu'est-ce que vous fichez là ? gronde Silvia.

La psychanalyste, décontenancée, hausse les sourcils.

— Je suis venue vous témoigner ma grati…

Silvia, affolée, lui coupe la parole :

— Ah non, ça ne va pas recommencer !

— Il doit y avoir un malentendu, dit Gena.

— Vous m'aviez promis de ne pas être là, merde !

— Vous ne comprenez pas…

— Je comprends très bien au contraire, s'énerve Silvia. Ça vous amuse, de me torturer ? Alors c'est quoi le cadeau empoisonné aujourd'hui ? On va tous mourir ?

La consternation et l'inquiétude se peignent sur le visage de Gena, qui fouille dans son sac et en sort une boîte dorée.

— Je vous ai apporté des chocolats…

Silvia la foudroie du regard et n'esquisse aucun geste pour saisir la boîte.

— Vous n'êtes pas dans votre état normal, dit la psychanalyste.

— Je suis vivante, c'est déjà bien. Tout ce qui m'intéresse, c'est le piège, l'entourloupe, allez-y, crachez le morceau… Vous m'avez menti hier, je ne suis plus libre, c'est ça ?

— J'ignore de quoi vous parlez, dit Gena d'une voix posée.

Elle s'avance dans la pièce et pose la boîte dorée sur le fauteuil.

— Le chocolat est un poison pour les chiens, le cacao contient une toxine qui les rend malades, on ne vous apprend pas ça en médecine ? grogne Silvia.

— Ils sont pour vous, pas pour votre chien ! précise Gena, amusée.

— C'est pourtant lui qui vous a sauvée hier, réplique Silvia avec humeur.

— Le chien ? Vous rigolez ?

Silvia secoue la tête.

— Je rends à César ce qui est à Gorgonzola, je vous ai réanimée il y a trois jours, il a remis ça hier, c'est lui qui l'emporte.

Gena sourit.

— L'idée est cocasse. Vous m'avez sauvée hier, une fois suffit, je ne m'étouffe pas tous les soirs, heureusement !

Silvia soupire.

— D'accord. Vous allez prétendre quoi, ensuite ? Que vous avez zappé la mort de Julian et de Jacopo ?

La psychanalyste fronce les sourcils.

— Qu'est-ce qui s'est passé ? Ils ont eu un accident ?

Silvia hausse le ton.

— Arrêtez de me provoquer ! Ils sont morts les deux premiers soirs, pas hier. Et pas demain non plus, j'espère ?

— Vous délirez, affirme Gena sans se départir de son calme.

— Je déteste votre petit ton supérieur ! Je ne sais pas à quoi tout ça rime, c'est trop lourd, trop épuisant, trop…

La colère de Silvia se mue en une immense fatigue. Elle s'assied sur le lit, les jambes coupées.

À cause de son métier elle est décalée par rapport au commun des mortels, elle ne découpe pas le temps en heures ni en jours mais en plats et en menus.

— Qu'est-ce que vous avez mangé hier soir, Gena ? fait-elle d'un ton las.

— Pardon ?

— Au dîner, hier, vous avez mangé quoi ?

— Des pâtes napolitaines aux crevettes, elles avaient un drôle de nom…

Silvia secoue la tête.

— Là, vous me parlez des *scialatielli* aux scampis que je vous ai servies il y a trois jours. Hier c'étaient des spaghettis à la truffe blanche et vous avez failli mourir à cause d'un *grissino*…

Gena la détrompe.

— Non, Silvia. Hier je me suis étouffée avec une de ces grosses crevettes. Je sais que les truffes blanches existent mais je n'en ai jamais goûté.

Silvia pince les lèvres.

— De mieux en mieux. Et, bien sûr, vous ne m'avez jamais piqué la fesse au Valium ?

— Quoi ?

— Le liquide jaune et huileux qui aide à dormir, vous m'en avez injecté quand Julian est tombé par la fenêtre et que mon père est mort après avoir été renversé par la Porsche.

— Je vous demande une seconde, d'accord ?

Gena marche vers la fenêtre, regarde en bas, revient vers Silvia.

— Le rideau du restaurant est ouvert, votre père est en train d'arroser les oliviers des jarres devant la vitrine, il se porte très bien pour quelqu'un qui est mort… quand, déjà ?

— Avant-hier, souffle Silvia. Mais ce n'était qu'une esquisse, un aperçu, une projection. C'est vous qui me l'avez expliqué !

Gena secoue la tête à son tour et lève les paumes.

— Stop ! Vous m'avez sauvée en pratiquant la manœuvre de Heimlich. Jusque-là nous sommes d'accord ?

Silvia acquiesce.

— Vous avez réagi très rapidement. Vous êtes secouriste ? demande Gena.

— Ma mère s'est étouffée devant mon père et moi le soir de mes dix ans. Un con de médecin nous a culpabilisés à vie parce qu'on n'a pas su la sauver. Maintenant, je sais quoi faire. Je n'en ai jamais parlé à personne. Mais vous le savez déjà, puisque quand je suis venue hier à votre cabinet vous m'avez dit que je n'étais pas fautive…

— Non, Silvia. Vous me l'apprenez. C'est la première fois que vous me parlez de votre mère. Et vous n'avez jamais mis les pieds dans mon cabinet.

Silvia lève les yeux au ciel.

— Je suis venue hier, insiste-t-elle. Votre divan d'analyste est jaune.

— Non, dit Gena. Il est bleu.

— Votre cabinet est au rez-de-chaussée.

— Non, il est au cinquième étage.

Silvia fronce les sourcils, déconcertée.

— Vous êtes sûre ?

— Mes mollets, mes poumons et mon cœur en sont persuadés, il y a un ascenseur mais je monte toujours à pied, c'est le seul sport que j'ai le temps de pratiquer.

Silvia se tait, déroutée.

— Votre père et Julian n'ont eu aucun accident, reprend Gena. Pourquoi avez-vous si peur pour eux ?

— À cause de vous ! rétorque Silvia avec hargne. En me remerciant de vous avoir sauvée, vous m'avez annoncé que l'un d'eux allait mourir dans trois jours. Et vous m'avez offert une vie en échange, en m'obligeant à choisir lequel s'en sortirait…

— Rien que ça ! s'exclame Gena. Voyons si j'ai bien compris. Vous me sauvez, donc je suis une pauvre humaine vulnérable. Je vous offre une vie pour la peine, donc je suis Dieu ou quelque chose d'approchant. Et, en plus, je condamne sadiquement votre père ou Julian en vous imposant un choix cornélien. Pas mal…

Silvia la fixe, perplexe.

— Pour info, vous vous en êtes tirée comment ? questionne Gena.

— Je me suis sacrifiée pour eux, répond Silvia avec humeur.

— Bien sûr, évidemment, j'aurais dû y penser ! Donc, vous êtes morte et je m'adresse à un fantôme ?

Silvia n'apprécie guère.

— Arrêtez de vous ficher de moi ! Hier soir, alors que je me préparais à mourir, vous avez encore failli vous étouffer… Mais Gorgonzola vous a sauvée et il a annulé ma dette.

— Excellent ! Rintintin chien policier, Lassie chien fidèle, Gorgonzola chien urgentiste. Sérieusement, Silvia, tout ça vous paraît logique et possible ? Choisir qui va vivre et qui va mourir ? Franchement…

Silvia secoue la tête.

— J'ai d'abord pensé que vous débloquiez parce que votre cerveau avait manqué d'oxygène. Et puis vous m'avez convaincue !

— De quelle manière ?

Silvia frissonne.

— La manière forte : vous avez tué Julian. Ou du moins, je l'ai vu mort. Vous m'avez expliqué après que c'était une sorte de film pour m'aider à choisir. Votre Valium m'a transportée en 2028, dans un monde sans Julian, où mon père était gâteux et de nouveau alcoolique.

Gena sourit intérieurement, elle avait deviné que Jacopo avait un passé de buveur.

— Ce n'était pas la réalité, Silvia. Ensuite ?

— Le lendemain, c'est mon père qui est mort. Et votre Valium m'a emmenée en 2018, dans un univers où Julian aimait une autre femme et m'avait retiré la garde de notre fils.

Gena acquiesce pour l'encourager à continuer.

— Cela semblait si vrai… murmure Silvia. Vous prétendez que je délire et que ce sont des hallucinations ? Pourquoi est-ce que je vous croirais ?

Gena soupire.

— Vous avez rêvé tout cela, Silvia. La plupart des psychanalystes considèrent que le rêve est une émanation de l'inconscient. Pour Freud, c'est le gardien du sommeil. Le travail du rêve est un travail psychique qui consiste à transformer les désirs inconscients et les terreurs inconscientes en les rendant acceptables pour le moi du dormeur. Quand vous êtes réveillée, vous exercez une censure naturelle sur vos pensées, quand vous dormez, la censure est levée. Autrement dit, vos rêves sont la réalisation déguisée de vos désirs et de vos peurs. C'est aussi une tentative de transformation de traumatismes anciens, en général de l'enfance. Pas besoin de chercher très loin, vu ce que vous m'avez raconté tout à l'heure sur la mort de votre mère.

Silvia grimace.

— Votre rêve est significatif, dit Gena avec douceur. Il traduit votre sentiment d'être piégée. Vous hésitez entre deux options, votre désir vous porte vers un choix mais votre conscience vous empêche de foncer et vous vous retrouvez écartelée. Qu'est-ce qui se passe dans votre vie en ce moment ?

Silvia plonge sa tête dans ses mains. D'après la psychanalyste, elle aurait tout rêvé ? Elle ne peut pas le croire.

Puis elle finit par relever la tête.

— Alors, tout ce que j'ai vécu après vous avoir sauvée est faux ? Tom n'a pas transformé le restaurant ? Hier soir les murs n'étaient pas bleu et ocre ?

— Tom est aveugle, Silvia, il ne voit plus les couleurs. Votre salle est aussi blanche qu'un lapin albinos…

Silvia attrape son portable, appuie sur le 1. Le téléphone compose automatiquement le numéro d'*A & P*.

Jacopo décroche.

— Papa, de quelle couleur est notre salle ? Blanche ? D'accord… Tu sais dans quelle branche travaillait Tom avant d'être aveugle ? Absolument pas ? OK.

Tu connais la date de l'anniversaire de Raffaella ? Non ? Bon… Tu as une idée d'où habite son amour de jeunesse, Flavio ? Aucune idée ? Attends, ne quitte pas…

Elle pose sa main sur le combiné.

— Je suis en train de devenir folle, murmure-t-elle. Tom n'a pas redécoré la salle. Nous n'avons pas fêté l'anniversaire de Raffaella. Flavio n'est peut-être pas mort ? Il n'a peut-être même pas de fils prénommé Raffaello ?

Elle se tait, brusquement. L'enfant blond qui ressemble à Julian n'est lui aussi qu'une construction de son esprit malade ?

Elle se penche sur le bureau, regarde le mot que Julian lui a laissé : « Suis au Café Costes pour mon interview, à tout à l'heure. »

Elle crie presque, dans son téléphone :

— On est quel jour, papa ? Mardi ? Tu es sûr ? Pas vendredi ? Mardi ?

Elle raccroche enfin, bouleversée.

— Je croyais votre père muet ? dit Gena, étonnée.

— Depuis la mort de ma mère, il parle seulement quand nous sommes en tête à tête. Et il vous parlait, dans mon rêve…

Ce que Silvia a cru vivre n'est donc qu'un écran de fumée, un songe, un mirage, une illusion. Elle a le vertige. Elle est dépassée.

Dans un sursaut d'énergie, elle combat encore ce que sa raison lui suggère :

— Alors le concret, le pertinent, les chèques transmissibles et les dés relancés, c'était du pipeau ? J'ai inventé mes questions et vos réponses ? Vous ne m'avez pas fait de cadeau empoisonné, vous ne m'avez pas menacée ?

— Je suis psychanalyste, je ne menace pas les gens, je les aide à moins souffrir.

Silvia hoche la tête, cela paraît plus logique.

— C'est pour ça que j'ai choisi ce métier, poursuit Gena. Le psychisme se nourrit de vérité : pas de vérité absolue au sens des systèmes philosophiques ou des idéologies, mais du contact avec la vérité de ce qu'on est, de ce qu'on ressent, pour le meilleur et pour le pire. C'est de ça qu'on ne veut plus se passer, et qu'on a envie de transmettre.

Elle sourit, enchaîne :

— C'est aussi une façon sublimée, utile socialement, de satisfaire sa curiosité sur les autres, sur le fonctionnement psychique, sur les choses de la vie tout en donnant sa compréhension en échange et en découvrant tous les jours des éclairages nouveaux. Un mode de rencontre très particulier et très riche. Une manière d'aimer les mots, les livres, l'écriture, la magie de la langue. Et d'apprivoiser l'attachement et le détachement, la rencontre et la séparation.

Mais déjà Silvia n'écoute plus. Ainsi, Tom n'a jamais manqué être démasqué par le client américain ? Ils n'ont pas rendu visite à la veuve de Flavio ? Raffaella n'a pas mis une robe du soir et une étole de fourrure ? Jacopo n'a pas confectionné de *tiramisu'* ?

Une main énorme lui chiffonne le cœur. Elle ferme les yeux, attend que la douleur diminue. Le petit garçon ébouriffé qui agitait la main dans sa direction n'a jamais existé, n'existera jamais. Julian va partir à

Venise, ils seront séparés, la Sérénissime regorge de jeunes Italiennes séduisantes…

— Je l'aime, dit-elle d'une voix étranglée. Je ne veux pas le perdre.

— Julian ? Où est le problème ? s'étonne Gena. Qu'est-ce qui vous empêche de l'aimer ?

Silvia grince des dents. Gena n'est pas au courant.

— Il part en Italie la semaine prochaine, pour six mois. Il m'a proposé de l'accompagner et de travailler pour son magazine.

— Et alors ?

Silvia désigne la fenêtre et le restaurant en contrebas.

— Je ne peux pas laisser tomber mon père, il ne saurait pas se débrouiller sans moi…

— Vous vous croyez indispensable ? dit Gena en riant.

Silvia en était fermement persuadée jusqu'à hier soir. Jusqu'à ce que, dans son rêve, Julian, Tom et Raffaella épaulent Jacopo. Un journaliste, un aveugle et une septuagénaire l'ont remplacée au pied levé. Elle n'est pas essentielle. Le cuisinier, seul, est irremplaçable.

À dire vrai, Jacopo ne lui a jamais demandé de travailler avec lui. Elle s'y est sentie obligée pour de mauvaises raisons. Elle avait besoin de se sentir importante et aimée. Elle s'est piégée toute seule. On a la vie qu'on mérite. Elle ne s'est pas sacrifiée par devoir filial, c'est moins reluisant et plus égoïste.

Peu à peu, toutes les pièces du puzzle s'emboîtent. Elle a imaginé les péripéties de ces derniers jours, dénaturé, grimé, transformé la réalité, levé la censure et lâché la bride à ses désirs et à ses terreurs.

Parce qu'elle a envie de partir à Venise. Parce qu'elle a peur que Julian ne l'aime plus si elle n'y va pas. Parce qu'elle a peur que Jacopo ne l'aime plus si elle y va. Parce qu'elle craint d'être abandonnée, de se retrouver aussi seule et terrifiée qu'il y a quinze ans après la mort de sa mère.

Et parce qu'elle continue à haïr les anniversaires et à se punir de n'avoir pas su la sauver.

Désirer suivre Julian à Venise, c'est être une mauvaise fille. Les mauvaises filles deviennent de mauvaises mères. Elle ne mérite pas l'enfant ébouriffé. Elle ne mérite pas l'amour de son père et de son amant. Elle mérite un châtiment, une sanction. C'est pourquoi son propre inconscient l'a condamnée à mort.

— Dans mon rêve, dit-elle à Gena, vous disiez qu'il faut choisir ce qui nous fait le moins souffrir.

— Je le répète souvent. Vous avez dû m'entendre le prononcer.

Silvia se sent étrangement mieux, presque… soulagée ?

— Merci pour les chocolats, fait-elle en désignant la boîte. C'est moi qui dois vous être reconnaissante. Grâce à vous, je sais que j'ai rêvé et ce que cela signifie.

— Alors nous sommes quittes ? lance Gena en souriant.

Silvia hoche la tête.

— Vous savez tricoter ? demande-t-elle à brûle-pourpoint à la psychanalyste.

— Non. Pourquoi ?

— Je vous avais prise pour une Parque, avoue-t-elle.

39.

Silvia se repasse mentalement le film de son rêve, lundi, mardi, mercredi, jeudi, comme si elle tournait les pages d'un éphéméride. Elle était à la fois dans sa tête et dans celle des autres, leur prêtant les pensées et les intentions que son inconscient lui dictait. Pour renouer avec la vie réelle, elle doit à présent dénouer les fils et démêler ce qui est invention, fantasme, intuition ou vérité…

Elle décide d'abord d'interroger la concierge de Flavio pour savoir s'il est marié, père, vivant ou mort. Mais il n'y a aucun Flavio Leoni au numéro 9 de la rue adjacente. Le numéro 9 est une agence immobilière. Elle appelle les renseignements avec son portable, il n'y a même pas d'abonné à ce nom à Paris.

Silvia a envie de se taper la tête contre les murs. Sa mémoire est comme une usine où une machine s'est déréglée la nuit qui a suivi le sauvetage de Gena Meyer. Tous les produits fabriqués par l'usine postérieurement sont défectueux et sujets à caution. Ceux qui sont antérieurs répondent aux normes requises.

Autrement dit, tout ce qu'elle savait de Gena, Tom et Raffaella avant le sauvetage est exact. Tout ce qu'elle a découvert après est faux.

Elle se rappelle les paroles de Raffaella lundi : « Je suis là pour Flavio, l'amour de mes vingt ans. Mon père n'a pas voulu que je l'épouse autrefois parce qu'il n'était qu'un sculpteur sans le sou. Sa galerie est juste derrière. Nous sommes toujours restés en contact mais nous ne nous sommes jamais revus. »

Jadis, Raffaella a vraiment aimé un artiste nommé Flavio. Sa famille les a séparés. Ils ne se sont pas revus depuis. La suite n'est que fiction.

Silvia navigue donc à vue et remet en cause toutes ses certitudes. Raffaella habite effectivement l'hôtel modeste d'à côté, où elle n'occupe pas la chambre 7 mais la 1.

Silvia s'y précipite.

— Raffaella ? C'est Silvia, du restaurant *Amore & Pasta*.

L'Italienne est tirée à quatre épingles, coiffée, parfumée, impeccable.

— Tout va bien ? demande-t-elle, surprise. C'est magnifique, ce que vous avez fait hier soir, sauver cette pauvre jeune femme…

Pour Raffaella, Gena à cinquante ans est une perdrix de l'année.

— Quel est le nom de famille de votre ami Flavio ? attaque Silvia d'emblée.

Raffaella sourit, elle a dû être une beauté autrefois.

— Lotani, dit-elle. Je lui ai apporté des orchidées.

— Au vernissage ?

L'Italienne secoue la tête.

— Non, au cimetière.

Silvia n'en croit pas ses oreilles.

— Vous voulez dire… qu'il est mort et que vous le saviez ?

— Évidemment, c'est pour cela que je suis venue à Paris ! Il est décédé il y a dix jours, il a demandé à son notaire de me prévenir.

— Il n'a pas de famille ?

— Non. Il m'a légué toutes ses sculptures. Vous voulez le voir ?

Elle sort son portable de sa poche, fait défiler les photos, tend le téléphone à Silvia. Un noble vieillard au regard brûlant sourit sur l'écran.

— Ils ont mis son portrait sur sa tombe selon notre tradition italienne, je l'ai photographié. J'ai eu un choc : la dernière fois que je l'ai vu il avait vingt ans ! Il ressemble étrangement à mon père, c'est un comble quand on pense que c'est lui qui nous a séparés. Il a l'air beaucoup plus vieux que moi, vous ne trouvez pas ?

Elle rempoche son portable comme une adolescente qui viendrait de montrer à sa meilleure amie la photo du mec qui la branche.

— Je suis désolée…, murmure Silvia.

— Après avoir déposé mes orchidées au cimetière, je suis montée dans un taxi qui m'a emmenée à l'aéroport, raconte Raffaella. Mais au moment d'embarquer dans l'avion j'ai paniqué. Je ne pouvais plus respirer, je voyais trouble, j'ai cru que j'avais une crise cardiaque. Pourtant j'ai pris des centaines d'avions dans ma vie, et je vous assure que je n'ai pas peur de la mort ! Alors je suis revenue ici. L'idée de retourner à

Rome m'angoissait trop. Mes vieux amis sortent moins, les jeunes travaillent et sont débordés. Je n'ai plus qu'un rôle honorifique dans notre entreprise. J'habite une maison bien trop grande pour une femme seule. Savoir Flavio vivant, même en France, à mille six cents kilomètres, me tenait compagnie. Attendre l'invitation à son prochain vernissage me rendait heureuse pour des mois. Qu'est-ce que je vais attendre, maintenant ?

Elle soupire.

— Il faut pourtant que je rentre, je ne peux pas rester à Paris éternellement. Mais je fais une pause. Et puis votre restaurant me plaît. J'ai l'impression de compter pour vous tous.

Silvia hoche la tête. C'est le cas.

— La galerie où Flavio exposait est en bas sur l'avenue, ajoute Raffaella. Il faut que je fasse déménager ses sculptures avant de repartir. J'aurais pu habiter au Ritz ou au Crillon mais je préfère fouler les trottoirs qu'il aimait. C'est comme si je mettais mes pas dans ses pas.

Silvia frissonne. Si Julian part et qu'elle le perde, elle n'aura pas la même force de caractère.

— J'ai besoin de votre avis, dit-elle. C'est juste une supposition. Si je trouve une serveuse et un comptable pour aider mon père au restaurant, vous croyez qu'il se débrouillerait sans moi ?

— Ça ne fonctionnerait pas, décrète Raffaella.

Silvia se raidit.

— Vous dites ça pour me donner mauvaise conscience ?

— Non. Quel âge a Jacopo ?

Silvia sent son estomac se nouer.

— Je ne vois pas le rapport, dit-elle d'un ton sec.

— Il est fatigué.

Silvia dessine des ronds sur le trottoir du bout de sa chaussure. Si Raffaella veut la culpabiliser, c'est réussi.

— Vous voulez me prouver que je dois continuer à *A & P* parce que c'est l'œuvre de la vie de mon père et l'héritage de ma mère ?

— C'est la première fois que vous me parlez de votre mère, j'ignore tout d'elle. Mais je sais ce que c'est d'avoir soixante-dix ans. On récupère plus lentement, on est aussi efficace qu'avant mais on a moins d'énergie. Les horaires d'un restaurant sont astreignants. J'ai observé votre père, nous sommes des amis silencieux. Vous êtes sûre que vous ne posez pas la question à l'envers ? Qu'il ne continue pas à travailler au restaurant pour vous ?

Silvia secoue la tête et se lève, frustrée et déçue de s'être confiée à l'Italienne. Manifestement, Raffaella connaît mal Jacopo.

— Je disais ça en l'air. Gardez-le pour vous, d'accord ?

Raffaella acquiesce.

— Je suis vraiment heureuse que Flavio m'ait légué ses sculptures… murmure-t-elle. Ce n'est pas rien. J'ai eu raison de lui rester fidèle.

40.

Tom a des horaires immuables et c'est l'heure de sa promenade. À Los Angeles il courait régulièrement le long de l'océan avec son labrador Paramount, à présent il arpente les trottoirs du quartier en tapotant le bitume de sa canne.

Silvia le regarde avancer en récapitulant ce qu'elle sait de lui. Il est aveugle, c'est indéniable. Son chien porte le nom d'un studio de cinéma mythique. Il vient de la Mecque du cinéma américain. Et il hait le cinéma. Le jour où Julian et elle lui ont proposé de les y accompagner, sa réaction a été disproportionnée. Ils en ont déduit qu'il détestait le septième art. Silvia, dans son rêve, en a conclu qu'il y travaillait avant de perdre la vue.

Le reste n'est que suppositions. Gorgonzola n'a sauté sur aucun client brandissant son portable pour le photographier et le démasquer. Julian n'a pas joué les aveugles. Elle grimace en se rappelant les *penne* à l'andouillette et les raviolis aux escargots. Elle a supposé que Tom appartenait au monde du cinéma. C'est plausible mais ce n'est qu'une hypothèse, il peut tout aussi bien être enseignant, avocat, commerçant ou plombier.

— Silvia ? fait-il en arrivant à sa hauteur.

Trahie par son eau de toilette, encore une fois.

— Je t'attendais, dit-elle.

Elle résiste à son envie de le prendre par le bras pour le guider dans la jungle urbaine. Aux intersections, il lui demande de quelle couleur est le feu et elle le renseigne. Parfois, son visage se crispe et s'affole, il n'arrive plus à s'orienter. Mais sa voix ne tremble pas quand il questionne :

— Tu peux me dire où nous sommes ?

Lui aussi a une sacrée force de caractère, c'était probablement un meneur d'hommes, le genre à prendre des risques.

— Quel est ton métier, Tom ?

Par diplomatie, elle ne pose pas la question à l'imparfait mais au présent et sa subtilité se retourne contre elle.

— Handicapé en recherche d'emploi, marmonne-t-il.

— Tu veux bien être sérieux deux minutes ?

Il donne un coup de canne rageur dans un réverbère qui n'y est pour rien.

— Avant, je savais que les réverbères existaient mais je m'en fichais. Maintenant ce sont des repères en même temps que des obstacles. Tu te souviens de *Singing in the Rain*, où Gene Kelly danse autour de ce fameux réverbère ? Dans le scénario, à un moment, Debbie Reynolds prête sa voix à Jen Hagen, qui joue la ridicule Lina Lamont. Dans la réalité, Debbie Reynolds arrivait du Texas et avait un accent marqué, alors on l'a doublée pour les dialogues. Et devine qui l'a doublée ? Jen Hagen ! Au cinéma tout est truqué, faussé, la pluie qui tombait sur Gene Kelly était un mélange d'eau et de lait plus visible à l'écran. Dans la vraie vie je ne veux pas être un imposteur, Silvia. Je suis devenu un vrai aveugle. Ce que j'ai été avant n'a plus aucune importance.

Elle se mord la lèvre. Dans son rêve aussi, Tom se référait à ce film.

— Je voudrais ton avis, dit-elle. Julian m'a proposé de tenir la chronique culinaire de son magazine, j'adorerais ça. Tu crois que mon père pourrait se débrouiller sans moi à *A & P* avec une serveuse et un comptable ?

— Si tu espères un avis impartial, tu risques d'être déçue. J'aime te retrouver là chaque soir, je n'ai pas intérêt à ce que les choses changent.

Elle n'insiste pas.

— Ça te tenterait d'écrire une chronique sur le monde tel que tu le perçois par le son, le goût, les odeurs et le toucher ?

— Bien sûr, on pourrait m'associer avec une femme cul-de-jatte, ça ferait image…

— Arrête, dit Silvia. Tes articles pourraient aider les gens.

— Les aveugles ne lisent pas les magazines, ils n'y voient pas, tu te souviens ?

Silvia se tait, découragée.

— Ce n'est pas toi que j'agresse, c'est moi, précise Tom, alors ne te sens pas visée. Qu'est-ce qu'on mange, ce soir ?

— Des tagliatelles aux foies de volaille flambés au Marsala. Ou des raviolis farcis de ricotta et assaisonnés de sucre, de cannelle et de marjolaine.

— Je goûterai les deux si tu envisages de te recycler, grogne Tom. Au moins je n'aurai pas de regrets.

41.

Silvia pose sur le plan de travail les foies de volaille et la ricotta. Puis elle s'active à côté de son père, en connivence.

— Tu as l'air un peu fatigué en ce moment, papa.

Jacopo se concentre sur le citron qu'il râpe.

— Tu devrais peut-être refaire un check-up et surveiller ta tension ? suggère-t-elle.

Il secoue la tête.

— La dernière fois, le docteur m'a reproché mon cholestérol et mes horaires… Tu as déjà vu un cuisinier qui finit à 18 heures ?

— Tu ne m'as jamais dit que tu avais du cholestérol !

Il sourit pour la rassurer.

— Tous les hommes de mon âge en ont. Ne t'inquiète pas, je prends soin de ma santé. Je t'ai promis de ne plus boire, je tiens parole, ça fait sept ans, cinq mois et sept jours.

— Mais c'est moins difficile maintenant ? espère-t-elle.

Le regard de Jacopo est éloquent. Tout est à recommencer chaque matin.

— Si on allait sur sa tombe ensemble ? propose soudain Silvia.

Inutile de préciser laquelle.

Jacopo désigne la salle. S'ils vont en Italie, il faudra fermer le restaurant.

— Qui nourrira Tom et Raffaella en notre absence ? dit-il. Gena a son mari, Julian viendrait avec nous. Mais les autres ?

— Nous ne sommes pas responsables d'eux. Si tu les apprécies autant, pourquoi tu ne leur parles jamais ?

— Je cuisine pour eux, c'est pareil.

Alors Silvia attaque par un autre biais :

— Si maman n'était pas morte, tu crois que tu travaillerais toujours au restaurant avec elle ?

La question décontenance Jacopo qui, du coup, baisse sa garde.

— Je crois plutôt qu'on serait à la retraite en Italie. Je n'aurais pas eu de problème d'alcool, nous aurions une petite vigne, un gros chat tigré, et tu viendrais nous voir avec Julian pour les vendanges.

Silvia encaisse. Finalement, Raffaella connaît mieux son père qu'elle.

Il attrape une boîte d'œufs.

— Je vais préparer un sabayon pour le dîner. Tom l'adore et Raffaella n'a pas encore goûté le mien.

C'est un dessert à base d'œufs, de sucre et d'alcool que Jacopo remplace par du jus d'orange. Autrefois, les amis d'un marié lui en offraient pour lui donner l'énergie nécessaire à la nuit de noces.

— Tu me presses les oranges, Silvia *mia* ? demande Jacopo.

La discussion est donc close. Silvia examine son père à la dérobée. Il est fatigué, Raffaella a raison. Elle ne l'avait pas remarqué. Les enfants ne voient pas vieillir leurs parents.

42.

Hasard ou pas, la pile de la pendule De Cecco est morte, les aiguilles sont immobiles, le temps est suspendu.

Tous les habitués sont là, Silvia a rapproché leurs tables pour n'en faire qu'une seule. Julian, Tom, Raffaella et Gena Meyer sont donc assis ensemble. Les hommes ont commandé les tagliatelles, les femmes ont choisi les raviolis sucrés.

Un jeune couple arrive, le garçon est brun avec un regard intelligent, des épaules larges et un sourire réservé ; la fille est jolie et fâchée.

— Il faut te remuer, Gurval ! lui dit-elle sur un ton de reproche, ça ne va pas te tomber tout cuit dans le bec !

Silvia les installe à la table 6 et, à cause de l'humeur de la fille, décide de leur servir des *penne all' arrabbiata*, des « pâtes en colère » avec de la sauce tomate, de l'ail, du basilic et des piments frais.

Puis elle fait signe à son père qui émerge de sa cuisine.

— J'ai une nouvelle à vous annoncer, dit-elle.

— J'espère que je serai le parrain ? souffle Tom à Julian.

— J'ai bien réfléchi, poursuit-elle, négligeant l'interruption. Julian part à Venise pour six mois la semaine prochaine. Et je l'accompagne !

— Tu y as mis le temps, je commençais à m'inquiéter, dit Julian, le regard heureux.

Il sort son portefeuille, en extrait trois billets de train qu'il lui tend.

— Regarde, même Gorgonzola a le sien. Je me suis renseigné pour l'Orient Express, mais c'était trop cher et ils n'acceptent pas les chiens.

Silvia sourit.

— Ce lourd silence doit être rempli de mimiques éloquentes et de réactions poignantes… Quelqu'un serait assez aimable pour me les décrire ? grogne Tom.

— Ils vont prendre le train pour Venise, résume Raffaella.

— Tu en penses quoi, papa ? demande Silvia, tendue.

Jacopo lui entoure les épaules de son bras et la serre contre lui.

— Tu as fait le bon choix, dit-il d'une voix rauque.

Exactement comme dans le rêve de Silvia, tout le monde se tourne vers Jacopo. C'est la première fois qu'ils l'entendent parler. Julian est bouche bée. Tom fronce les sourcils. Raffaella ouvre de grands yeux. Gena, au courant depuis le coup de fil de Silvia le matin, hoche la tête.

— Vous n'êtes donc pas muet ? fait Raffaella, stupéfaite.

Pour Tom, le départ de ses amis est un coup de tonnerre ; sa vie avait repris du sens grâce à eux. Pourtant il fait contre mauvaise fortune bon cœur, serre les dents, se force à sourire. Il continuera à dîner chaque soir chez *Amore & Pasta.* Il ne connaît pas l'Italie et il n'est bien sûr plus question d'y aller avec son handicap : à quoi bon se planter devant la tour de Pise si on ne la voit pas pencher ? Mais il aime venir souper au pays de Fellini, Visconti, Pasolini, Leone, Tornatore ou Moretti. Il en oublie parfois d'être désespéré.

Raffaella réfléchit à toute vitesse. Si Silvia s'en va, le restaurant va forcément fermer. Elle lève la main pour réclamer l'attention et se lance :

— C'est un peu précipité, je devrais vous laisser le temps de digérer la nouvelle, mais je crois au contraire le moment opportun. Jacopo, vous êtes fatigué, j'ai raison ?

Jacopo la fixe sans répondre.

— Vous avez continué à travailler, malgré votre lassitude, pour votre fille, n'est-ce pas ? Sans elle, vous auriez arrêté depuis longtemps ?

Jacopo hoche lentement la tête. Silvia est pétrifiée.

— Donc, si Silvia part, vous fermerez, poursuit Raffaella, implacable. Vous avez dépassé l'âge de la retraite, vous pouvez vous le permettre.

Il acquiesce.

— Tu es sûr que tu n'auras aucun regret, papa ? vérifie Silvia.

— *Lo giuro sulla tomba di tua madre.*

« Je le jure sur la tombe de ta mère. »

— Puisque Silvia sera à Venise, personne ne vous retient ici, insiste Raffaella. Vous n'avez jamais songé à rentrer en Italie ? Un de mes neveux dirige un restaurant à la mode à Rome. C'est moi qui ai investi pour lui. Il adore son métier mais il perd ses amis parce qu'il ne peut pas dîner avec eux, puisqu'il travaille. Vous avez des amis, Jacopo ?

Jacopo désigne les personnes assises autour de la table. Il a terriblement envie d'un verre mais il résiste, pas question de retomber dans le piège. Il n'a qu'eux comme amis, ils vont se disperser puisque *Amore & Pasta* ne sera plus qu'un souvenir. Il n'a pas menti à sa fille, il n'est pas triste, il savait que ce jour arriverait, il a besoin de se reposer. Ce n'est pas facile pour autant. Il faut arracher le sparadrap d'un coup sec, même si c'est douloureux, pour laisser la blessure cicatriser à la lumière.

— L'argent fait la liberté, pas le bonheur, dit Raffaella. Il a faussé mes rapports avec les autres mais j'ai appris à lire à travers les êtres, l'âge donne ce talent. Je vis au cœur du centre historique de Rome, dans un *palazzo* avec six chambres et six salles de bain. Voulez-vous venir vivre chez moi, Jacopo ? Je dis bien « chez » moi, pas « avec » moi. En tout bien tout honneur, je ne vais pas vous manger. Regardons les choses en face. Vous êtes seul, je suis seule. L'Italie est votre pays. Je n'ai pas besoin de votre argent, mais vous vous sentirez plus indépendant si vous me payez un loyer. Nous serions chacun de notre côté comme des cousins partageant une maison de famille. Je ne vous demande qu'une chose en contrepartie.

Jacopo attend, impassible.

— Je vous ai parlé de mon neveu, son restaurant est bondé les week-ends, il veut fermer du lundi au mercredi pour se reposer, la nouvelle génération est plus fragile que nous. Je désire, une fois par semaine, un soir de fermeture, recevoir mes amis là-bas, une dizaine de personnes chaque fois. Vous feriez la cuisine et vous dîneriez ensuite avec nous comme l'ami que vous êtes ?

Jacopo a les yeux qui pétillent.

— Acceptez, grogne Tom.

— Pourquoi ? demande Silvia.

— Parce qu'il ne faut pas rater une occasion d'être heureux, marmonne Tom à la surprise générale.

Raffaella lance du tac au tac :

— Si vous le croyez vraiment, Tom, venez aussi, il reste quatre chambres. Vous connaissez *Le Petit Prince* de Saint-Exupéry : « Chez moi c'est tout petit. J'ai besoin d'un mouton. » Eh bien, chez moi c'est très grand. Et j'ai besoin d'amis. Ce n'est pas à sens unique, vous avez besoin d'amis vous aussi.

Tom hausse les épaules, persuadé qu'elle plaisante, mais Raffaella ne lâche pas prise :

— Le restaurant va fermer, vous allez vous retrouver tout seul à Paris. Et vous n'avez aucune envie de rentrer aux États-Unis, je me trompe ?

Tom serre les mâchoires.

— Je connais le plus grand ophtalmologiste italien, mais je suppose que votre cécité est incurable ? dit Raffaella, remuant le fer dans la plaie.

Il acquiesce.

— Quel était votre métier ?

Il grommelle dans sa barbe :

— Producteur de cinéma.

Julian le dévisage, surpris.

— Tu as produit quels films ?

Il lâche une salve de titres, certains n'ont pas traversé l'Atlantique, d'autres sont prestigieux. Silvia avait deviné, Tom déteste le cinéma parce qu'il lui manque.

— J'ai fui Hollywood pour qu'ils ne sachent pas que je ne peux même plus visionner un film, avoue-t-il. Les jaloux se réjouiraient, les gentils s'apitoieraient, je ne veux pas de ça.

— Tes parents sont dans la même profession ? demande Silvia.

— Mon père est directeur photo, ma mère est perruquière.

Silvia se rappelle avoir regardé un documentaire fascinant sur les métiers du cinéma, diffusé tard le soir à la télévision. C'est là qu'elle a appris ce qu'était un chef décorateur.

Raffaella se tourne vers Jacopo.

— Le producteur finance un film, contrôle les dépenses et il est responsable en cas de pertes financières. Je suis la productrice du restaurant de mon neveu. C'est pour cela que je trouve stupide d'aller ailleurs chaque fois que j'organise un dîner. Je ne peux plus recevoir mes amis à la maison ; mon majordome, ma cuisinière et ma gouvernante ont mon âge, je les garde par fidélité. Les clients habituels de mon neveu ont des piercings et des tatouages, leur musique est une cacophonie hurlante. Jacopo, vous seriez l'âme de mes dîners hebdomadaires, vous me rendriez un fier service et vous auriez la cuisine rien que pour vous. Acceptez, je vous en prie. Personne ne vous obligera à parler !

Jacopo hésite. C'est fou, absurde, ridicule, déraisonnable. Donc, tentant. Malgré son âge, son cœur fracassé par l'absence de Maria et son foie un temps malmené par la grappa, il est toujours le Jacopo qui, sur un coup de tête, a décidé de rester à Paris le premier soir de son voyage de noces. S'il accepte, il rentrera au pays sur ses deux pieds, pas dans un cercueil à poignées dorées. Il n'est pas encore trop vieux pour l'enthousiasme. Depuis que Silvia s'est installée dans le studio de Julian, il vit seul ; les enfants quittent leurs parents, c'est dans l'ordre des choses. Qu'elle habite à Venise ou au sixième étage de l'escalier A de l'immeuble d'en face, elle est déjà loin. Raffaella est quelqu'un de bien. Son projet de repas hebdomadaire le séduit. Ainsi son honneur serait sauf, il ne lui devrait rien. Et il se sent de taille à régaler ses compatriotes les plus exigeants.

Il n'empêche que c'est une folie.

— C'est une folie, dit-il.

Il sourit à sa fille.

— En plus du restaurant, du palais romain et des usines de voitures, vous n'avez pas une petite vigne et un gros chat, par hasard ? demande Silvia à Raffaella.

— Ma famille possède plusieurs hectares de vignoble dans le Piémont, une exploitation viticole en Ombrie, et j'ai un neveu qui élève des sacrés de Birmanie. Pourquoi ?

Silvia regarde son père et incline lentement la tête.

— C'est une folie, répète Jacopo. Mais j'accepte.

Le visage aux traits délicats de Raffaella s'éclaire.

— Je m'en réjouis. Et vous, Tom ?

— Je me débrouille très bien tout seul, dit l'Américain d'un ton froid.

— Vous, je n'en doute pas ! Moi, j'en suis beaucoup moins certaine, et je n'ai pas votre absurde fierté mal placée. Vous n'y voyez plus mais vous êtes jeune. J'y vois mais j'ai trente-cinq ans de plus que vous. Les amis s'entraident. Personne ne serait redevable à personne, ce serait un échange de bons procédés, un troc de talents. Comme Jacopo, vous me verseriez un loyer pour vous sentir libre. Et puis vous pourriez travailler.

— Comme pilote de ligne chez Alitalia, vous allez me pistonner auprès du directeur ? persifle Tom.

— Ma famille entretient des liens privilégiés avec le cinéma, dit posément Raffaella. Je connais bien les responsables du *Centro Sperimentale di Cinematografia*, devant Cinecitta, et ma nièce, qui est professeur à l'université de la Sapienza, vient de publier un livre sur l'avènement du son au cinéma. Ils seraient honorés que vous fassiez des conférences à leurs élèves. Votre expérience est unique, vous n'avez pas envie de la transmettre ?

Tom reste silencieux. Il a bataillé ferme pour devenir l'un des jeunes producteurs en vue à Hollywood, il n'y retournera jamais. L'Italie le tente, ce serait recommencer une nouvelle vie, repartir de zéro, devoir encore une fois tout prouver, avoir un nouveau challenge. Les défis sont faits pour être relevés, les obstacles pour être franchis.

— Rome est remplie de femmes qui ressemblent à Monica Bellucci et à Carla Bruni, ajoute Raffaella. Vous n'y voyez plus mais vous avez encore des mains et un corps. Il faudra renouveler votre garde-robe, il fait trop chaud pour vos cols roulés en cachemire. Quand vous récupérerez votre labrador il sera le bienvenu, vous irez le promener le long du Tibre.

— J'aime la Seine, répond Tom d'un ton sec.

Silvia pose la question qui l'obsède depuis tout à l'heure :

— Papa, tu n'envisages pas de vendre *Amore & Pasta*, n'est-ce pas ? On pourrait le mettre en gérance ?

— Je serais intéressée, dit Raffaella.

Jacopo hésite, embêté. Il suppose que le neveu italien veut ouvrir une succursale à Paris, mais l'idée d'un inconnu dans sa cuisine le perturbe. Il revoit le visage radieux de Maria quand il l'avait emmenée devant cette ancienne mercerie en lui décrivant comment il comptait la transformer, là les fourneaux, ici les tables, à droite le passe-plat…

— La lumière est belle ici, vous êtes plein sud, poursuit Raffaela, l'arrachant à ses souvenirs. Flavio aurait aimé cet endroit. La galerie n'est pas loin, je ferais transporter les statues avec des diables, inutile de prendre un camion.

Silvia comprend subitement.

— C'est une idée géniale !

Elle raconte aux autres que Raffaella a hérité des statues de Flavio et qu'elle cherche un endroit pour les exposer. *Amore & Pasta* deviendrait donc une galerie.

Jacopo sourit, soulagé.

— Hérité ? relève Julian.

Raffaella précise qu'elle est venue à Paris pour se recueillir sur la tombe de son amour de jeunesse.

Jacopo écoute avec attention. La France a été fatale à Maria et à Flavio.

— Si on faisait repeindre les murs en bleu et en ocre ? propose soudain Silvia. Cela ferait ressortir les statues.

Raffaella est emballée.

— Je voudrais… commence Jacopo.

Il s'interrompt, va chercher dans la cuisine la photo de Maria et lui devant la Seine et les bouquinistes.

— Vous voudriez qu'elle reste accrochée au même endroit ? devine Raffaella. Il n'en est pas question !

Tom hausse les sourcils.

— Elle sera à la place d'honneur à côté de celle de Flavio, précise l'Italienne.

— Je chercherai un peintre demain, promet Silvia.

Le couple de la table 6 a fini ses « pâtes en colère » et la rage de la jolie fille semble tombée.

— Je vous apporte les sabayons, leur annonce Silvia.

— J'attends un bébé, il n'y a pas d'alcool dedans ? vérifie la fille.

Silvia secoue la tête, pas dans celui de Jacopo.

La fille désigne alors son compagnon :

— On n'a pas pu s'empêcher d'entendre votre conversation. Gurval cherche du boulot. Il est timide mais c'est un bon peintre. Il pourra aussi transporter vos statues. On arrive de l'île de Groix, en Bretagne. J'ai eu la fringale en passant devant votre restaurant, une volonté impérieuse m'a poussée à entrer. Ce n'est sûrement pas un hasard.

Silvia consulte Raffaella, qui approuve de la tête. Galeriste est un travail tranquille, parfait pour une future mère.

— Moi aussi, je crois au hasard, dit brusquement Tom. Et je vais m'en remettre à lui.

Il fouille dans ses poches.

— J'avais une pièce quelque part… La voilà ! Alors, pile pour le Tibre. Face pour la Seine. Attention…

Il lance la pièce en l'air, la rate évidemment à la réception, la cherche sur la table en tâtonnant. Il referme enfin ses doigts dessus, incapable de savoir sur quelle face elle repose.

— Alors ? Il n'y a pas un de vous qui va m'aider et me dire de quel côté elle est tombée ?

— Bienvenue en Italie, dit Raffaella, radieuse.

Gena demande l'addition, fouille son sac pour chercher son portefeuille, en sort d'abord un agenda et un trousseau de clefs. Silvia admire la petite Ferrari rouge accrochée au porte-clefs. Elle avait déjà dû la remarquer, puisqu'elle l'a intégrée à son rêve.

— Vous me manquerez, dit la psychanalyste dont le métier implique de ne pas s'attacher à ses patients.

Silvia grimace, la réciproque est vraie.

— Je vous ai détestée, murmure-t-elle. À présent je vous suis reconnaiss…

— Je n'ai été qu'un passeur symbolique, l'interrompt Gena. C'est vous qui avez tiré les conséquences de votre rêve ! Je m'en vais demain pour une semaine. Si j'ai bien compris, vous serez partis à mon retour, alors je vous souhaite à tous les deux d'être heureux à Venise.

Être psychanalyste, c'est récolter les fruits des thérapies, éprouver une satisfaction partagée quand un patient qu'on suit depuis longtemps termine son analyse. La rencontre et la séparation font partie du métier. Mais ceux de la bande d'*Amore & Pasta* étaient devenus ses amis.

43.

Au sixième étage de l'escalier A, Silvia ne trouve pas le sommeil. Julian et Gorgonzola dorment profondément, c'est à qui ronflera le plus fort. Assise sur le lit, les bras entourant ses genoux, elle pense à tout ce qui s'est passé depuis… hier, lundi.

Son existence vient de basculer radicalement en l'espace de vingt-quatre heures, provoquant des bouleversements en chaîne dans la vie de ses proches.

Pourtant, elle a juste empêché Gena Meyer de s'étouffer. Et Gena lui a offert des chocolats pour la remercier. Rien d'autre.

Raffaella a dit adieu à Flavio. Tom ne se fera pas opérer par un escroc pour se transformer en plante verte. Jacopo ne replongera pas dans l'alcool. Silvia ne deviendra pas si aigrie et si infernale que Julian ne la supportera plus. Personne n'a eu d'accident.

C'étaient des mirages, des mensonges. Ce n'était ni concret ni pertinent. C'était juste faux. Ce n'est jamais arrivé.

Tom, Jacopo et Raffaella sont les souffrants, les blessés, les rescapés, les solitaires. À trois, ils seront plus forts. Raffaella et Jacopo, compatriotes et contemporains, s'épauleront. Tom n'est pas tiré d'affaire mais son nouveau projet lui fait envisager l'avenir, il y a une lueur d'espoir, c'est déjà beaucoup, une lueur pour un aveugle.

Ils se serreront les coudes à Rome pour se réchauffer l'âme, ça durera le temps que ça durera. Parfois tout échoue et l'on se désespère, parfois tout s'arrange par miracle. Il faut en profiter avant que le hasard se ravise.

Julian et Silvia sont les jeunes, les amants, les vaillants, les imbattables, les magnifiques. Elle a l'impression de sortir de convalescence, lorsque l'on s'aperçoit que les arbres, la musique et le vin existent encore, que le bonheur est envisageable.

Amore & Pasta a été leur cocon, leur répit, leur sursis. Le rêve de Silvia, en la chamboulant, les précipite tous dans l'arène.

Tout le monde a lu *Alice au pays des merveilles* et accepté de croire le temps de cette lecture qu'on peut rapetisser ou grandir en mangeant un bête gâteau. En lisant à la fin qu'il s'agit d'un banal rêve, on trouve la ficelle un peu grosse, le moyen trop facile. Mais on y a adhéré et c'est ce qui importe.

De même, Silvia a pris pour argent comptant le choix délirant que lui imposait la Gena Meyer de son cauchemar. Parce que, dès que l'on s'attache, on a peur pour ceux qu'on aime. Elle a affronté ses démons seule. Et elle s'est, enfin, libérée de la culpabilité de la mort de Maria.

Julian se retourne en dormant. Gorgonzola rêve qu'il gambade et agite les pattes en plissant la truffe. Dans quelques jours, la lagune de Venise clapotera sous leurs fenêtres.

Silvia songe à l'enfant aux cheveux blonds ébouriffés, à la femme et au fils de Flavio, à l'Américain qui voulait photographier Tom, au médecin qui conduisait la voiture blanche, au jeune homme au volant de la Porsche…

Ils n'ont pas disparu, ils n'ont jamais existé. Mais Venise sera merveilleusement réelle.

La vie est une succession de choix. Tout le monde devrait connaître la manœuvre de Heimlich. Et tout le monde a droit à un peu de bonheur.

Une bouffée de tendresse la submerge alors en regardant Julian. Elle lui secoue l'épaule, le réveille en sursaut. Il se redresse, les yeux pleins de sommeil.

— Qu'est-ce qu'il y a ? demande-t-il, inquiet.

— Je sais pourquoi on ne dormait pas ! s'écrie-t-elle.

Il se met à rire.

ANNEXE

Tiramisu'

Préparation : 20 minutes
Mettre au frigo 4 heures minimum avant de servir.

Ingrédients (pour 8 personnes) :
— 6 gros œufs
— 100 g de sucre
— 500 g de mascarpone
— 36 biscuits à la cuillère
— un grand bol de café léger tiède non sucré
— une tablette de chocolat noir râpé
— éventuellement un petit verre de whisky

Pour la crème : séparer les blancs des jaunes.
Mélanger les jaunes et le sucre.
Monter les blancs en neige (avec une toute petite pincée de sel) et les incorporer délicatement au mélange à la spatule.
Rajouter le mascarpone au fouet électrique à petite vitesse.

Préparer le café léger. Y ajouter éventuellement le whisky.
Mouiller les biscuits dans le café tiède.
Tapisser le fond du moule avec les biscuits.
Recouvrir d'une couche de la crème obtenue précédemment.
Alterner biscuits et crème (généralement on fait trois étages de biscuits). Terminer par une couche de crème.
Mettre au réfrigérateur au moins 4 heures.
Saupoudrer de chocolat râpé juste avant de servir.

Sabayon

Préparation : 10 minutes
À faire au dernier moment.

Ingrédients (Pour 6 personnes) :
6 jaunes d'œuf
6 cuillères de sucre en poudre
12 cuillères à soupe de Marsala ou de jus d'orange

Dans une casserole à fond épais, battre au fouet électrique sur feu doux les jaunes d'œuf et le sucre jusqu'à obtenir une mousse jaune qui fasse un ruban.
Ajouter le Marsala ou le jus d'orange en continuant à fouetter jusqu'à ce que le sabayon devienne épais et s'attache au fouet ; surtout ne pas faire bouillir. Servir dans des verres ballons et déguster tiède.

Merci

À Bernard Barrault et Françoise Delivet ;

au Dr Geneviève Wolmark, au Dr Dominique Tabone-Weil ;

à Renata Parisi, Didier Piquot, Silvia Gatti, Isabella Peroni, Alain Malardé, Anny Poughon, Yveline Kuhlmey ;

à Sylvie Overnoy qui m'a parlé de Toby, le golden retriever qui a sauvé sa maîtresse Debbie à Cecil County, dans le Maryland, en effectuant sa propre version canine de la manœuvre de Heimlich *(People,* avril 2007).

Musiques : Stacey Kent « The Boy Next Door », Agnès Jaoui « Canta », Teréz Montcalm « Voodoo ».

www.lorrainefouchet.com
www.laffont.fr

La photocomposition de cet ouvrage
a été réalisée par
GRAPHIC HAINAUT
76, rue de Nancy 59100 Roubaix

Imprimé en France par MAURY IMPRIMEUR
en août 2023
N° d'impression : 272337

POCKET – 92, avenue de France, 75013 Paris

S33469/01